Seba・蝴蝶

Seba・蝴蝶

Seba・蝴蝶

Seba・蝴蝶

蝴蝶館 10

禁咒師

卷陸

Seba 蝴蝶 ◎ 著

elegantbooks

目次

人物介紹……003
禁咒師 陸……008
番外 阿旭……200
關於宋氏家族……215
關於火之女……221
火之女……224

人物介紹

甄麒麟

當世唯一被賦予「禁咒師」稱號之人，目前受雇於紅十字會，專責處理精神異常的魔、墮落的神仙、膽大妄為的妖靈，所製造的恐怖活動。身負重傷的她，靈力大幅衰退，埋下極深的隱患。

自從在崇家獨立面對大神重，麒麟的生命只能依賴頭上麒麟角維繫，然而封天絕地也隔絕了東方天界的育聖池，連轉化慈獸也不能，非人非鬼的麒麟尚不知何去何從。

宋明峰

茅山派宋家最後擁有天賦的傳人，擁有奇異血緣天賦的他，拜入禁咒師門下後，能力逐漸得到啟發，卻也同時引來神魔兩界的注意，爭端一觸即發。

雖然魔王極力尋求他成為皇儲，但羅紗的田園幻夢卻始終縈繞明峰心頭，即使身為「繼世者」已然明朗，他還是願做一個平凡人，可惜命運並不會輕易放過他。

蕙娘

麒麟早年所收服的式神，雖然常以宋代仕女的嫻雅形貌現身，本相卻是已修行八百年的大殭屍。生前曾是名動京城的廚娘，如今則以其絕代廚藝餵養麒麟永不饜足的胃口，是麒麟最貼身的助手、管家，也是最得力的戰友與知交。

英俊

姑獲鳥的族民，飛機的守護「妖」，形貌為具有九頭蛇頸的鳥身妖禽。一次機緣巧合成為明峰的式神，此後終其一生追隨明峰。一般型態下為九頭鳥身，變身為戰鬥型態時，會化身為睜著無辜大眼的蛇髮少女。

不過這位少女在禁咒師師徒遠赴魔界觀光時，被明熠求婚成功了。感情上的成熟，同時也令她的妖力大幅成長。

宋明琦

宋明峰的堂妹，能力不如明峰，但依然擁有強悍的天賦，與眾生間的因緣也頗為深厚。雖然沒有經過任何修練，自己本身對修道也無興趣，但還是經常捲入各種靈異事件，讓被強迫成為她命中貴人的明峰暴跳不已。

明峰獨自出遊時，再度與明琦道左相逢，一連串的事件，成為明琦生命中極重要的歷練。

殷曼、李君心

修練千年的大妖殷曼，是個名為飛頭蠻的妖族，在天界的仙丹藥方中，飛頭蠻是上等材料，而殷曼尤為其中佼佼者，因此引起羅煞的覬覦。一次衝突中，羅煞借帝嚳神力附體，導致殷曼靈魂破碎成無數碎片飛散。她的弟子兼愛人李君心，身懷與「繼世者」宋明峰同年同月同日生的命格，因此踏上一段漫長的旅程。（詳見《妖異奇談抄》）

林殃、林越

四個本在同所大學就讀，並不知自己身負樹精血緣的人，卻在二次世界大戰中因殘酷的妖術實驗而覺醒，成為人工化的半人半妖。林殃是其中的學妹，專修聲樂，後來加入紅十字會。林越留在列姑射島，成立專門研究蠱、毒、詛咒等特殊異術的神祕組織「夏夜」，被尊稱為大師傅，培養眾多學徒。（詳見《養蠱者》）

崇水曜

崇家七曜之一，但因特殊因緣，很早就離開崇家，不願成為當權者的殺手，沾惹無意義的血腥。崇水曜脫離崇家後，成為一名修仙者，後因舒祈委託，尋訪大妖飛散的靈魂碎片，而最後在花蓮定居，並收宋明玥為徒。水曜、明玥曾與殷曼、君心在花蓮一處偏僻小鎮相處過一段時間。（詳見《妖異奇談抄》）

葉舒祈（魔性天女）

列姑射島北都城的管理者，擅長運用電腦，能用資料夾容納眾生，也能循網路入侵他界。其能力為都城精魂魔性天女所賦予，因此有其界限，但仍讓三界眾生忌憚不已，不敢在她眼皮下犯事。雖然地位崇高，舒祈卻不依恃，只以排版打字維生。（詳見《舒祈的靈異檔案夾》）

狐影

幻影咖啡廳的老闆，九尾狐，本領高強、善於結界，有「醫天手」之稱。在徹底封天絕地前，被延請到天界修復坍塌的三重天、穩定混亂的地維。

上邪

在如來世尊懷中出生，修行數千年的上位大妖魔，身世極為顯貴，傳說他本有靈獸狻猊的血統，但因上古時代令神魔分野的大戰，導致未出生便落入魔界，實際上卻是有資格問鼎帝位的天人皇家之後。曾一度被梵諦岡黑薔薇騎士團拘禁，脫困後逃往列姑射都城，成為幻影咖啡廳的點心名廚，並且有了人類妻兒。（詳見《上邪》）

尤尼肯

神界大戰後，靈獸也各自分家，麒麟一族因意見不合，一派歸於東方天界，一派則西遷人界歐洲。西遷的麒麟折角為誓，不再臣屬天人，而成為今天的獨角獸。西方天界曾試圖降服其族，卻被尤尼肯以長角串殺七位天神，同歸於盡。如今尤尼肯英靈仍然不滅，常棲於聖地「春之泉」。

一、希望

曲曲折折、複雜得幾乎像是迷宮般的巷弄，靜靜的咖啡廳藏在轉角，飄出陣陣甜蜜的香味。

偶爾迷路時巧遇的咖啡廳，下次可能怎麼找都找不到。「幻影咖啡廳」的店名和它本身一樣神祕，果然店如其名。連美豔的老闆和魔性美的點心師傅，都是這股神祕中的一部分。

這家神祕的咖啡廳不知道為什麼，關門關了一陣子。讓好不容易找到的客人悵然若失，但是又不知道什麼時候，悄悄的開了店門。

偶爾闖入的人類不知道，這原不是給人類進來的咖啡廳，而是都城眾生的集散地。不管天上人間，都已經起了巨變，幻影咖啡廳的關與開，都悄悄的透露了凝重的訊息。

但現在的人類，還不知道。

他們只知道，原本美豔的老闆不知去向，只有冷著臉孔的點心師傅站在櫃台，非常不耐煩的問，「要點什麼？」

點心還是充滿了魔性的驚人美味，但是咖啡就……很令人無言。但對著這樣的美少年，人類只會痴迷的吞下去，根本沒有意識到自己喝了些什麼。

「……我說啊，上邪，」櫃台一個懶洋洋的美少女很不客氣的把嘴裡的咖啡吐出來，「你跟狐影真是絕配，一個天殘，一個地缺。他的點心殺人於無形，你的咖啡可以讓人胃穿孔。」

上邪臉孔抽搐了兩下，悶不吭聲的拿出一大罐金十字胃腸藥，往她的面前重重一頓。

「……這就是你的解決方式？你到底會不會煮咖啡？」美少女叫了起來。

「閉嘴，麒麟種！」上邪發怒起來，「妳以為我喜歡喔？要不是那隻老狐狸逼我看店，誰想守這家他媽的鳥店！我可是曾被尊稱為神的大妖魔～各界見到我，誰敢不恭恭敬敬喊我一聲上邪大人？我居然還得來站這櫃台賣笑?!真他媽的……」

「做點心你就沒怨言？」麒麟瞪了他一眼。

「做點心怎麼同？點心和美食是藝術，泥漿水算哪一國的藝術？」他嫌惡的看著咖啡，「這是食材！拿來增添食物美味的食材！拿來喝？妳怎麼不乾脆喝辣椒水？」

麒麟無言的攪了攪那杯比黃蓮還苦上十倍的咖啡，放棄的將杯子一推，「……你總有酒吧？」

「老闆說，咖啡廳不賣酒。」上邪頓了一大杯冰牛奶在她面前，「愛喝不喝隨便妳。」

這時候又不是狐狸精，是老闆來著了！

瞪著那杯冰牛奶，麒麟整個發悶。她掏出小扁酒瓶，倒到那杯冰牛奶裡頭，沒好氣的喝下去。

幸好手工餅乾太美味，讓她覺得開心了點，當然她又點了六個蛋糕，每個口味都不一樣。上邪的手藝真是獨步三界，她不禁油然起敬。

「欸，上邪，你家老闆到底去哪？」舒祈老來那一套，她實在吃不消，還不如來問這隻聖魔，最少不用打字。

「回天界當建築工人啦！」上邪拉長臉，「王母說，他不肯幫忙，她就不肯放過那隻飛頭蠻和她徒弟。妳知道狐影對誰都是爛好人，當然除了我。王母一威脅，他就乖乖回去做工了。」

「……那他不回來了？」

「誰知道啊？他只叫我把店看好，營收若少了要跟我算帳。」上邪很不耐煩，吼著來打工的女孩，「請妳來是來當外場的，聊什麼天?!快把咖啡端過去啦！」

那女孩怯生生的走過來，「對、對不起……」穿著小碎花圍裙的她，實在非常可愛，但這種可愛卻有種奇怪的地方。

說她是人，她卻有著濃重的妖氣；說她是妖，她卻完全像個人類。

「……哇，」麒麟睜大眼睛，「我第一次看到人類變成的妖怪啊。」

「舒祈那死女人介紹來的。」上邪抱怨，「這兒又不是動物園，什麼奇怪的玩意兒都塞過來……人妖也就算了，最少她還會掃地擦桌子。連中屍神和怪道士都塞來打工……成天吵吵鬧鬧的，煩死了……」

麒麟愣了一下，「人妖？」

「就她。」上邪抬了抬下巴，「太愛漂亮了，愛漂亮到成妖。嘖，人類這種生物實在奇怪，那層皮有什麼好計較的……結果當了妖怪自己也不知道，什麼也不會，就知道聊天照鏡子……喂！端著空盤子在那兒照啥鏡子！去洗碗盤啦！吼～狐影收留妳幹嘛啊真是的……」

看著逃進廚房的女孩，麒麟若有所思的看著上邪，看得他心裡發毛。雖然聽說麒麟惹了大亂子，鬧到失蹤一年多，但這一年發生了許多事情，他也沒心思去打聽八卦。但看她額頭有麒麟角，靈力又大幅消退，可見傳聞不是謠言了。

所謂虎死威猶在，更何況麒麟又還沒死。她畢竟還是禁咒師，當世禁咒第一人。怕到未必怕她，但被她盯上絕對不是什麼值得高興的事情。

「……妳幹嘛？」上邪瞪著她，「別說我沒吃人，吃了人也未必要跟妳報備吧？」

「你緊張啥？」麒麟捻著小餅乾細細嚼著，她的食道尚未完全痊癒，吃東西還是有點疼，「上邪，我問你，你潛到列姑射的根柢做什麼？」

上邪臉孔馬上漲紅，他變化成人形原本就絕美，頰上的霞紅更添姿色，連麒麟都有幾分感動。「我、我睡不著去散步不行喔？妳怎麼知道的？我才要問妳沒事跑去島的根柢做什麼呢？」

「我是沒去啦！」麒麟承認，「最少不是整個人去。修到我這種程度，通常不做沒有意義的雜夢。但前天，我做夢了。」

她逼視著臉轉到旁邊的上邪，「我在島的根柢，看到了你。」

上邪不答腔，有些煩躁的洗著杯子。「妳還看到什麼？」

「沒了，就看到你。」麒麟喝完那杯牛奶酒（？），「但我一直覺得很不安。不然我在家喝酒睡覺看漫畫不好，千里迢迢跑來找你做啥？上邪，到底是怎麼了？」

「妳自己不會去看喔！」上邪不太高興，「總之沒什麼，咕，做個夢也來煩我。告訴妳，我可不是狐影那爛好人，什麼亂七八糟的事情都能來煩我。喝完妳的牛奶就滾吧。」

「喂，這是列姑射島欸……好啦，列姑射的遺跡。好歹這裡曾是許多眾生發源之地，最初天柱安放的所在。就算『她』碎裂成環狀的碎片，也不是誰想去就能去的……」

上邪擦著手，心底也猶豫起來。他和當初恣意妄為的大妖魔不同了，現在他有牽絆，甚至越來越像個人類。以前遇到這種問題，頂多抓著翡翠往安全的地方居住就是了，但現在……他介意的人越來越多，沒辦法這麼做了。

再說，真的有安全的地方嗎？

「列姑射的根柢……」他沉重的說，「成了『無』的巢穴。」

總是懶洋洋微笑的麒麟，驚愕的瞪大眼睛。

所謂的「無」，其實是「有」的影子。萬物存在就是「有」，消亡時便是「無」。

這原本是和諧的定律，但在遙遠得幾乎誰也不復記憶的古神族戰爭中，列姑射之所以陸沉，天柱之所以斷折，是因為古神族發動了一個極為龐大的禁忌，為了戰爭而不擇手段的禁忌。

他們啟動了「無」，讓「無」擁有意志。

只擁有「毀滅」這種意志的「無」，卻逸脫古神族的控制，毀滅了天柱。雖然說古神族幾乎消滅了所有的「無」，但「無」本身就是大道循環的一部分，既然「有」，就會「無」，是無法完全消滅的。但諸界遵守創世規則，保持平衡，「無」就不會繁殖發作。

但神族卻破壞了這種平衡，將人間視為自己領土，造成各界的裂痕，而「無」因此增生繁衍，更讓裂痕一發不可收拾。

擴大的裂痕同時也影響到地維，造成地維的脆弱與崩壞。被「無」寄生的地維更雪上加霜。

這原是神明的祕密，他們也致力於消滅「無」的存在。據說「無」擁有巨大陰影般的形狀，森冷的氣息連神明都難以抵禦，居住在失去平衡的裂縫中，以一切存在為食。但真正看過他們的人並不多。

「連天柱遺跡都成了『無』的巢穴？」麒麟喃喃自語，「情況變得這麼糟糕了啊……」

「腦殘天人留下這樣腦殘的爛攤子。」上邪咕噥著。

麒麟出了一會兒的神，笑出來。「上邪，你說你跟狐影不一樣，我看你被狐影感染得滿深的。」

「……妳說啥鬼話啊?!」上邪勃然大怒，「誰跟那隻爛狐狸精一樣?!」

他又叫又跳，麒麟只是打了個呵欠。這些人，標準的心口不一。老是牢騷抱怨，結果事情來臨的時候，還不是一個個認命的去處理。

上邪應該是多次潛入島的根柢，將「無」的巢穴設法封閉起來。畢竟這裡是地維一個重大的「結」，若被「無」啃光，影響的地維範圍實在太大。他原本擁有天人皇家的血統，這對他來說不是難事。

但無之巢應該比想像中的還大，不然他的神通不會消退的這麼快。

「你還能夠應付麼？」麒麟站起來。

「我誰？我聖魔上邪大人欸！妳問我能不能夠應付？」上邪暴跳，「妳有那美國時間管我能不能應付，還不如對妳的角傷腦筋。別人是人妖，好歹還是妖，妳勒？弄得神不神，鬼不鬼，看妳是要乾脆鋸角從頭修煉，還是乾脆去當慈獸算了。現在的妳能幹嘛？」

「鋸角我就死了啦！」麒麟對他毫不隱瞞，「我還活著是因為這對角，實話告訴你，我和崇家對峙的時候，人類的部分已經完蛋大吉了，只靠麒麟血緣撐著。但我又不可能回天成慈獸……」她聳聳肩，「就這麼混著吧，反正我退休了……」

「退休個鳥。」上邪瞪著她，「妳收那個禍根子當徒弟，就像狐影護著飛頭蠻一樣是找死。喂，不是只有東方天界有化育池。」

麒麟轉頭看他，有些不可思議的感覺。真奇怪，她和上邪並無深交，頂多是仗著子麟奶奶和上邪尚有些交情，所以才得這聖魔另眼相待。但才幾年光陰，這位聖魔卻改變得非常劇烈。

「我對轉化成慈獸沒有興趣啦，我是人類。」麒麟揮了揮手，「就算已經到了這種地步……」

「……哼。」上邪冷笑了一聲，「之前那隻死狐狸精說，『麒麟萬般皆好，可惜有個人類沙文主義的毛病。』現在我覺得他說得還真對咧。唯有人類位最高？眾生都是劣等生物喔？」

麒麟愣了一下，下意識的回嘴，「我才沒有……」

「難不成妳成了慈獸就不能繼續護衛妳的眷族？瞧妳現在神不神鬼不鬼，還欠人保護哩，能夠護著誰？我是不知道到底怎麼了，但翡翠是我老婆，岑毓是我小孩，他們可跟我種族不同，但為了他們我連命都可以不要。沒啥，都我家眷嘛。我不會神裡神經要去當人，妳為何非要堅持個人類身分不可？」

他越說越激動，用力拍櫃台，上面的杯碗一起跳了快半尺，「麒麟種！狀況已經很不妙了，我說不上是什麼不妙……我總覺得一切好像往一個我不能控制不能理解的方向進行，說不準在我眼前就會有最壞的結局。妳不想著能多做些什麼，就顧著自憐自艾，現在可容妳這樣麼?!若妳真的是禁咒師，若妳真的還有關愛的人！」

麒麟望著他，張大了嘴。她知道上邪曾在各族依舊渾沌曖昧不清的時代被人類尊為神祇，在各界也有崇高的地位。原本她以為是因為那個半公開的身世之謎，不過是個能力卓越的大妖魔，卻沒想到他這樣犀利。

低頭尋思，她居然無可反駁。

雖然什麼都不存了，但列姑射遺址還存在著一種威嚴。這是最不可能成為「無」之巢的地方，但事情就這樣發生了。或許上邪說得對，他們恐怕得面臨一個最可怕的結局。

「我真的很不想當什麼慈獸啊……」麒麟喃喃的抱怨著，「多麻煩。不過既然你都誠心誠意的想告訴我了，我就大發慈悲的聽聽吧。」瞅著上邪，她又捻了塊巧克力餅乾。

「……妳這是求人的態度嗎?!」上邪氣得差點把磨咖啡機舉起來砸到麒麟的腦袋

上，那個成妖的女孩驚呼著架住他，省得發生慘案。「妳這麒麟種太不尊重！妳誰不好像，偏偏像是猴頭加上那隻老愛用角戳人的子麟啊?!遺傳為什麼這麼恐怖～」

麒麟托著腮，嘆了一口氣，閒閒的吃餅乾。「是啊，為什麼呢？遺傳真是殘酷……我也是千百個不願意啊……」

「……來人啊！在我吃掉她之前，快把她趕出去！」

上邪待膩了東方，跑去西方人間屬地遊歷了一陣子。直到被梵諦岡抓起來關之前，他在西方人間屬地待了幾百年，結識了一群酒肉朋友。

西方人間屬地勢力最龐大的是吸血族，其他妖族當然被壓制得很慘。奧林帕斯勢力式微，許多古神祇待不住，也在人間流蕩。這些神妖跟到處吃人找架打的上邪不打不相識，拳頭中出了友情，到處吃喝玩樂，也就這樣聽了不少傳言，見識了不少人。

最奇特的是，他結識了一隻獨角獸。

「獨角獸？Unicorns？」麒麟有些困惑，「我知道他們後裔很少，幾乎都集中在地中海。但這跟我有什麼關係……啊。」

的確，有人認為獨角獸和麒麟系出同源，但並沒有確實證據。東方的麒麟歸順天界，以聖獸之姿存在；而獨角獸卻一直孤傲不馴，連自己族人都相當疏離，更不要說外人。見多識廣的麒麟，還沒見過任何一隻活生生的獨角獸。

「不管你們相不相信，最少那個娘炮……我是說那隻老愛照鏡子的獨角獸是這麼說的。他說他們在東方也有遠親，他還很好奇東方遠親的處女漂不漂亮。」

……拜託。

「有回他喝醉了，帶我去他們的聖地。那是個非常美麗的池塘，就在森林裡頭。據說每隔百年，他們年輕的族人都會在那兒求偶，我們去的時候剛好是春祭。現在的妖族麼……都化身為人了。他們必須要跳進池塘裡才能現出獨角獸的模樣。我偷偷取過池水……」

上邪一面畫著地圖，一面搔了搔頭，「差點被那群獨角獸戳了幾百個透明窟窿。但血緣雖然不盡相同，他們的氣的確和聖獸麒麟非常接近。」

「你認為那是化育池？」麒麟眨眨眼。

上邪不太自在的看旁邊，「……不是認為，一定是的。我也有……」他支吾了一會兒，突然生起氣來，「我說是就是，妳懷疑我?!妳居然懷疑我這樣偉大的大妖魔！」

麒麟支著頤，「哦，我記得上古狻猊也跟麒麟同屬靈獸不是嗎……？算是親戚呢。」

「閉嘴！誰跟你們有關係？少往自己臉上貼金了～」上邪又跳又叫。

正在熱鬧滾滾的時候，大門的鈴鐺響起，「終於到家了！吼，材料店怎麼這麼遠……一台摩托車就要載這麼多貨很累欸，妳說是不是啊白姑？天下的老闆真是沒良心，叫他們送貨來就好了嘛，還得我們自己去載。不用怕找不到啊，我司徒楨欸！寫道符貼在他們車上，開到冥道都有可能！這小小幻境迷宮算什麼……妳說對不對啊白姑？」司徒一面走進門，一面對他肩膀上的白文鳥嘀嘀咕咕。

「再囉唆我掐死你！」白文鳥終於忍不住了，「天啊我是做了什麼壞事得讓你收了收了也就算了還要聽你嘮嘮叨叨是不是男人啊你比女人還嘮叨能不能麻煩你閉嘴……」

上邪的怒吼聲瞬間被壓了下去，整個咖啡廳充滿了這對聒噪二人組的聲音，令人腦門嗡嗡響。

「……我受不了了。」上邪把抹布扔在吧台上，「該幹嘛去幹嘛，我去教訓夥計……」

他將那對嘮叨二人組拖到廚房去，馬上一陣子雞貓子喊叫。

「……我要結帳。」麒麟沒好氣的敲著櫃台，上邪完全沒聽到，正在慘電他的夥計。

那個成妖的女孩拿著托盤，緊張兮兮的笑，「老、老闆會忙很久……呃，呃……一百八加一百一是多少啊……」

「……兩百九，謝謝。」麒麟掏出三百塊，「不用找了。」

狐影真是爛好人。什麼樣的喜憨兒都收容進來……但上邪的脾氣向來不好，會先心臟病還是腦充血……？

她聳了聳肩，施施然的往門外去。

走出門外，她頓住。司徒楨？啊，他不是舒祈的食客嗎？或許可以套出些什麼……

不過，她並沒有走回去。一來是她的事情很緊急，二來她肚子裡的酒蟲，也很緊急。

最壞也只是世界毀滅而已，沒什麼。比起世界毀滅，安撫她的酒蟲才是最重要的事情。

二、閃耀

他們喘氣不已。

小五十已經成了一堆碎片，面對著十幾個凶殘、手上刀劍匕首各式兵器，臉孔充滿仇恨的普通人，明峰和明琦的確束手無策。

比起明琦，明峰可能還沒用一些。明琦的父親習武，為了獨生女的安全，也讓她學了些防身。雖然對戰技巧不足，但她面對過不少比人類可怕許多的對手，這讓她很快就進入狀況……而明峰雖然受過的訓練比她還多，面對異族可能很厲害，但面對這群仇家，他是沒辦法的。

沾上血腥的陰暗記憶還在他心裡盤桓不去，他不想再造下殺孽。這讓他更絆手絆腳，但明琦沒有這種顧忌。

他只能和明琦背靠背警戒著，而眾多敵人將他們包圍了。

「你這凶手，納命來！」為首的女子尖叫，「崇家滅門的血債，你別想逃得過……

不該出生的魔王！今天我們就要替天行道了！」

「白痴。」明琦立刻反唇相譏，「宰了我們，你們就不是凶手喔？講得那麼好聽，什麼替天行道，妳若真是正義的一方，麻煩妳去報警。私刑好正義嗎？」

那女子看起來很年輕，被明琦一堵，狼狽起來。明知道她強詞奪理，但她從小教養嚴謹，連罵人都不會，支支吾吾的只能望著身邊的中年人求助。

「小姐，邪魔外道跟他們說那麼多做什麼？」那中年人恭謹的回答，「邪魔慣於魅惑人心，不可中計。速速擊殺方可慰諸長老、日曜大人在天之靈。」

那女子眼中湧出仇恨，「你、你這壞蛋，殺了我哥哥！」她抽出一把日本刀，「我非手刃你不可！」

明峰低頭，「……這是我和你們的恩怨，請放過我堂妹。」他懊悔內疚已久，此刻只想引頸就戮。

「哦？你心愛的妹妹嗎？」那女子冷笑一聲，雙手持刀，直取明琦。明峰聽得刀響，大吃一驚，他掄起手裡的行李袋，將刀鋒打得一偏，搶救過明琦。

「這是我和你們的恩怨！」他發怒起來，「為什麼要波及她？殺人的是我不是她！」

「因為我要你知道，失去心愛的人有多痛苦！」她吼叫，一擊不中，她靈活回刀，像是毒蛇般直取明峰的雙眼，明峰又揮行李袋一擋，卻被刀鋒砍破，裡面的東西都滾了出來。

連纏著小花OK繃的玉笛都滾了出來，他趕緊去接，但依舊摔碎了一半。撿起半截玉笛，他似乎聽到無聲的啜泣。

這有靈的玉笛，就這樣完了。不復記憶的遠古年代，富饒的列姑射……殘存到現在的美妙事物，又這樣少了一件。

他幾乎控制不住自己的怒氣。舊傷隱隱作痛，狂信者興奮得尖叫躁動，渴求血腥的救贖。

想要的話，他可以讓在場的人死得一個都不剩。這很簡單。但面對自己的內疚，卻是永恆的陰影。

緊抓著胸口，他勉強自己冷靜下來，「……搞清楚，誰才是主人。」

他陰鬱的望著拿著日本刀，卻不斷發抖的崇家小姐。剛剛有一瞬間，在場的十幾個人都失去了行動能力，被恐懼控制得動彈不得。像是有股強烈的陰暗從明峰的身上蔓延出來，令每個人血液為之凍結。

從他們踏入花蓮境內，崇家就鎖定了這兩個人。崇家的精銳部隊幾乎全滅，大樓裡的人死得差不多了，重傷者也沒多活多少時間，大半都半瘋了。崇家家長日曜，更連屍體都找不到，失蹤的人不計其數。

更可怕的是，他們上達多少詔書奏章，大神重也不曾再回應過他們，之後就封天了。

花了許多時間，他們才終於從半瘋的生還者口中找到一些蛛絲馬跡，循線追查許久，才又找到失蹤已久的仇人。他們原本畏懼這個人形惡魔，但等接觸以後，卻發現他很普通。

不知道是什麼緣故，他顯得非常文弱。原本想求同歸於盡的崇家，更有復仇的把握。但是現在，他們又想起，眼前這位文弱清秀的男人，一個人殲滅了整個崇家的精銳部隊。

他們被這股強烈的恐懼定在原地，手裡的武器幾乎握不住。

幾秒鐘而已，卻像是一世紀那麼長。

然後像是陰暗突然襲來，也突然的消失了。他們宛如經歷了一場睜著眼的惡夢，驚醒般看著眼前的敵人。他依舊文弱清秀，手裡很可笑的拿著斷笛。

崇家小姐有些惱羞自己的失態，她迴轉刀鋒，怒吼著衝上前，沒想到敵人空手也迎了上來，舉起手裡短得不能再短的斷笛。

原本以為，她會將敵人的腦袋劈開，卻沒想到被空氣擋住。

說是空氣，還不如說是輝煌的霧氣。斷笛像是刀柄，延伸出隱約蕩漾、蒙著金光的霧氣，一把透明的、形體模糊的長劍。

交手了數招，她的怒氣漸漸被膽怯壓過去。

他不是茅山宋家的孩子嗎？人生父母養，祖上並沒有什麼顯赫的血緣。而她，可是神明之後。為什麼她會這樣害怕？

她不知道的是，明峰的鎮定只有表面。他對於這把形體模糊的長劍同樣感到莫名其妙。

這是把奇特的劍。既不溫暖也不冰冷，反而有木頭似的觸感。甚至沒有開鋒的感覺。無意中擦過崇家小姐的臉蛋，明峰心底一陣發冷，卻發現她沒有出血，只是臉蛋淡淡的出現類似凍傷的紅印。

這讓他安心下來。

這是把好兵器，靈活、強悍，而且最重要的是不會對人造成致命傷。

明峰寧定下來，一手握著劍，另一隻手結了個手印。這是人狼族的長老教他的戰鬥技巧，他雖然不是個武士，但記憶力絕佳。眼前這位崇家小姐年紀可能不大，但武藝精純，他非得打疊起十二萬分的精神不可。擔心的瞥了瞥明琦，發現她的小堂妹已經在地上畫了個方不方圓不圓的圈子，信心十足的望著他。

倒沒想到這小丫頭這樣乖覺。明峰淺淺的湧出一絲微笑。讓他頭痛又疼愛的妹妹啊……這樣聰慧的女孩子，怎能為了自己的事情，拖累她在此喪失大好華年？

「等等。」他開口，「你們要一湧而上呢，還是要單挑？打架總有個規則吧？」

「跟你這種妖魔……」中年人不耐煩的開口，卻被崇家小姐打斷了，「二叔，他是我的。如果我要當崇家家長，就非先解決他不可。不然我不配這位置！」

被喚為二叔的中年人，是黎家的家長，歷代都侍奉崇家家長，是他崇家最忠實的守衛。崇日曜是崇家家長的名字與稱號，崇遠志不是長子，出生的時候另取他名。但遠志的大哥早逝，遠志才接下家長的擔子。現在遠志失蹤，崇家只剩下這個小小姐可以繼承。

這位年紀最幼的崇家繼承人名喚崇鄰。她很小的時候就受命去日本生活，拜在土御門門下修煉。當時覺得莫名其妙，讓這麼小的女孩離家背井，疼愛崇鄰的黎二很是不忍，但現在看起來，先代家長真是真知灼見。

也因此保下了最後一點血脈。雖然不知道，他們能不能活著離開這裡。

黎二環顧這個空曠的山野，深吸一口氣，點了點頭。

崇鄰摸了摸頰上微疼的傷口，卻意外沒有看到血跡。她有些恚怒，這妖魔手持奇異兵器，卻對她這樣托大，只是侮辱的打一棒子，連血都不見。

但她反而鎮靜下來。越托大的人越有空隙，說不定她還有勝算。她挑釁的用武士刀指著明峰，「就我和你。我若贏了，你乖乖交出項上人頭，讓我血祭，你若贏了，我就讓你走。」

「讓我們走。」明峰可沒那麼好唬。

該死，不上當。崇鄴怒色一掠即過。「好，讓你們走……但是，只在刀上見真章，絕不使用法術，你可敢麼？」

原本以為還要激他幾句，沒想到明峰大大鬆了口氣，「這樣是最好的了。」

……這妖魔，真是徹底看不起我！看不起我這即將即位的崇家家長！

崇鄴沉著臉，握緊雙刀，斜舉著。明峰反而將模糊的光劍指向地板，鬆了左手的手印。

兩個人對峙著，都在等待對手鬆懈的那一刻。就在這個時候，明琦忍不住打了個噴嚏，讓明峰分了心。崇鄴察覺機不可失，掄刀如大車輪般猛攻，讓明峰狼狽的左支右絀。

「……妳說！妳給我說！」明峰氣急敗壞的邊打邊叫，「事實上妳是他們派來的吧?!」

明琦揉著鼻子，非常委屈。「啊就……就忍不住嘛……」

「我會被妳害死！妳到底是來幫我還是來害我的？打什麼噴嚏啊，笨蛋～」

「我怎麼知道堂哥這麼纖細……」

崇鄰卻越來越生氣。雖然明峰招架得亂七八糟的，但總是在關鍵時刻滑溜的逃出她的致命殺招，而且，他居然還有閒情逸致在對戰的時候跟他的妹妹拌嘴!!

「不要太瞧不起人了！」她怒吼，在明峰滾地躲去她的殺招時，她結起手印，一團純青的火焰彈起，正中明峰的後背，將他燒得皮開肉綻。

「妳犯規！堂哥！」明琦大叫，抓著外套奔向明峰，趕緊將他背上的火熄滅。「卑鄙，下流！」

崇鄰愣了一下，她倒不是存心使詐，只是一時氣昏了頭，順手就使了法術。但她自尊心高，從來沒被侮辱過，被明琦這樣講，越發惱羞成怒。

「……站著看什麼？把她抓起來，掌她幾個耳光！」她大叫，一把抓住倒地的明峰，「你輸了！輸了！」

只覺得一團森冷襲面而來，她畢竟臨戰經驗豐富，下意識的偏了偏頭，那道森冷的氣像是刀鋒般，在她頰上擦過，留下很深的傷痕。

重傷的明峰舉起食指，逼開崇鄰之後，他跳起來衝向被包圍的明琦，大吼一聲：

「滾——」

這一字咒將敵人逼開了好幾尺，明琦恐懼的抓著他，「堂、堂哥，你沒事吧？你的背……嗚嗚……」

明峰沒有說話，瞪著明琦脖子上的血痕。剛剛那群人將刀架在她脖子上。弄傷了她。弄傷了我心愛的小堂妹。差點殺了我的小堂妹啊!!

緊緊抓著胸口，他的臉色又青又白。他的憤怒快要爆炸開來，後背的疼痛變得很遲鈍，只是一片火燙，跟他的憤怒一樣熾熱。

「……你們，最好要有覺悟！」他怒吼的聲音讓這山野的飛禽猛獸通通遁逃，四周變得無比寂靜。

轉過身來，他的左眼，整個都泛紅了，發著強烈的火光。

他像是狼衝進羊群一般，狂亂的斬殺。右手揮著光劍，左手不斷變換著各式各樣的結印。

雖然憤怒像是浪潮般淹沒了他，但他卻沒被憤怒主宰。所以狂信者只在他體內吶喊躁動，讓他更加煩躁。但在這種狂躁的情形之下，他反而冷靜下來，只學過一兩次的戰鬥結印反而使得越精密，越確實。

人狼族的戰鬥並不喜歡使用法術，虛耗大地母親的力量，對他們來說是種褻瀆。但就人狼的眼光來看，明峰實在是個柔弱的孩子。所以老族長破例教了他不少臨敵的法術，重點不在創敵，多半是癱瘓、昏迷、行動遲緩，這是為了讓明峰在遇到強敵時有機會逃脫。

但是此刻的明峰，卻將這些結印用在讓敵人逃不走的用途上。

他實在太氣了，氣這群不能講理的仇家，氣不聽話的明琦，更氣的，是犯下殺孽的自己。

既然手上的光劍無鋒，他決心讓這群傢伙吃頓粗飽，很久很久以後都還記得這份慘痛，他幾乎將場上的每個人都打到臥地不起，奄奄一息，連崇嶽都被他抓起來摔在樹幹上，昏了過去。

等他氣喘不已的站定，地上已經躺滿了爬不起來的人。

怒氣沖沖的踩過一地的人，他抓著黎二的胸口，對著他的臉怒吼，「看清楚我的臉，看清楚！我長這個樣子，看清楚了沒有?!要報仇，就單獨來找我！你再去摸我身邊的任何人看看……只要有誰擦傷了，我非把你們殺個乾乾淨淨不可，聽到沒有？我辦不到？你以為我辦不到?!聽清楚沒有？」

黎二驚恐的看著他，被重擊過的腦袋還昏昏沉沉。這個左眼發著火光的男人，現在看起來完全是地獄的魔王。

「不、不明白。」他勉強開口，倔強的。「要麼你就現在殺光我們，不然滅族之恨不是殺掉你就夠了！」

明峰臉孔一陣扭曲，舉起拳頭就想給他好看。

「請住手。」一個冷靜的女聲傳過來，帶著一點厭倦和無奈。「請看在大師傅的份上，饒了這些人吧。」

猶在狂怒中的明峰狐疑的轉過頭，他的臉孔殘存著暴力的戾氣。一位女子走了過來，卻看不出她的年紀，從二十五到五十二都有可能。她很清秀，有種飄逸的美麗。但她模樣太年輕，眼神卻太滄桑。

從昏暈中醒轉的崇鄴睜開眼睛，全身上下無一不痛。轉眼看到那女子，她呆了呆。雖然自幼離家，但「她」的模樣一直沒有變。「……三姑姑？水曜姑姑！我、我是崇鄴！」乍見親人，她忍不住放聲大哭，「姑姑！哥哥……長老叔叔……死了，都死了！

都被那隻妖魔殺死了！姑姑……」

水曜？明峰鬆了手，讓黎二跌回地上。崇水曜？大師傅就是託付他，將碎片交給崇水曜。

他看了看一地受傷的人，看了看崇水曜，突然背上沁出冷汗，臉孔熱辣辣的麻。

水曜沒說什麼，只是走過去逐一審視傷勢，用氣簡單治療一下。原本連站都站不起來的人，終於可以搖搖晃晃的站起來。

「姑姑，為崇家報仇！」崇粼拉著她衣袖痛哭，「三姑姑……」

「什麼年代了，報仇？」水曜搖了搖頭，「若是崇家殺過的人，通通跑來尋仇，崇家死滅個三代也還不清。報仇？」

「姑姑？」崇粼愣住，「妳說什麼？難、難道……爸爸一直沒有選出新的『水曜』！雖然妳有成仙的妄想，但爸爸還是認為總有一天妳會清醒過來，回到崇家的！他一直認為妳還是崇家人，難道爸爸只是一廂情願?!」

「對。妳老爸只是一廂情願。」水曜淡漠的回答，「我從來沒想過要回到崇家。我不想當權貴的殺手或巫覡，我也覺得沾著血腥的崇高很沒意義。今天妳若記得兄長被殺的痛苦，那妳應該比較明白那些被崇家暗殺的家屬心情。天賦和法術，不該是那樣使用的。」

「我管他們去死，我管別人去死！」崇鄉大叫，「我哥哥死了，死了！我就要他償命！我就要報仇，我才不管別人……」

「那就去報仇。」水曜疲倦的坐在地上，「去吧。如果這是妳的心願。現在就去，只要妳殺得了他，我不會阻止的。」她苦笑了一下，「但經過妳的『努力』，他原本蒙塵的能力閃爍起來了，我想十個妳也碰不到他一根寒毛。」

崇鄉呆呆的看著水曜，「……姑姑，妳不幫我？」

「我拒絕。」水曜憂鬱的看著她，「這是妳的心願，不是我的。我早就知道崇家會走到這一步……崇家綁架降霜女神，付出這樣的代價還真的很輕。」她雙眼無神的看著虛空，顯得非常疲憊、悲傷。「妳該感謝降霜女神。若不是她不念舊惡，崇家死傷會更大。妳哥哥和失蹤的人，雖然不在人世，但都還活著。我只能告訴妳這些……妳不如把復仇的精力留著設法跟那些人取得聯繫。封天絕地，他們沒辦法靠自己的力量回來。」

這個消息讓崇鄉愣住了。她就這樣站著，湧出淚水。「……哥哥，還活著？」

水曜卻沒有再理她，對著明峰和明琦招了招手。怒氣褪去的明峰沮喪的攙起明琦，默默的跟在她身後。

「上車吧。」她打開吉普車的車門，「你們需要休息。明琦小姐的傷也得上藥。」

「……妳知道我們會來？妳知道我們的來歷？」明峰越發忐忑不安。

「是啊，為什麼我得知道呢？」水曜坐在駕駛座上，許久不動。「事實上，我倒是希望什麼都不知道。」

她發動了車子。

水曜所在的小鎮雖然名義上在花蓮縣，但是距離台東縣卻很近。明峰坐在吉普車上，卻越想越奇怪。

崇家的人應該不知道水曜隱居在這個小鎮上，但水曜怎麼知道他們被追殺？不可能有人跟她通風報信……那她是怎麼知道的？

疑惑的看著水曜的背影，覺得她的背影居然這樣哀傷而沉重。

吉普車穿越了小鎮，明峰將疑惑拋到一邊，眼睛越睜越大。

這是個很小的鎮，鎮的中心有個噴泉。那種漫不經心，包容一切的模糊溫和，很明顯是自然泉水精靈的風格。這鎮太小、太單純，沒有發展出城市獨有的魔性，卻擁有自然的眷顧。

但這不是讓他們驚訝的主因。他們在小鎮被忽視的轉角、巷弄、屋簷，發現了各式各樣的風水石、穩簷獸，這明明是他們宋家特有的風水布置。

這些風水石和泉水精靈漫不經心的眷顧交融成一氣，溫和的保護這個小鎮。仔細看，這小鎮的方位正當鬼門，容易招來妖異和動盪，但因為這樣的保護，所以顯得非常平和安靜。

這樣高明的手法，恐怕連明峰的爺爺都使不出來。這會是誰？

「……四房的伯公嗎？」明峰猛然想起，大師傅抄給他的地址是花蓮縣玉里鎮，而他們從來沒去過伯公家。但伯公生前每隔幾年會來他們家，說過他家靠近台東。

靠近台東，但可能是在這裡？

「有親戚？」水曜聽到了明峰的自言自語，「說起來……我有個弟子叫宋明玥，難道這麼巧？」她輕笑了一聲，沉重消退了些。

她並不是什麼都知道的。明峰深思了起來。伯公的孫子（孫女？），是該叫他堂弟或堂妹吧？希望不要跟明琦一樣亂來……

明琦倚著他的手臂睡著了。脖子上的血跡已經乾了，真是的，應該很痛，卻睡得這樣香甜。真是沒神經……

他挪動了一下，讓明琦好睡一點。

「太香了……」水曜將車窗打開，「真的太香了點。我沒有惡意，請相信我。」

明峰愕然，猛然低下頭，省得被人發現他眼眶發熱。剛剛，他憤怒高漲到幾乎控制不住時，是這股香氣鎮壓住，讓他沒有被憤怒主宰。

我到底要讓羅紗操心到什麼時候？生前到死後，即使魂魄不存，只剩下「念」，她還是沒辦法安心……要到什麼時候？

不能再這樣下去了。

這個時候，吉普車停了下來。「我們到了。」

明峰推了推熟睡的明琦，她揉揉眼睛，和明峰一起看著這棟被翠綠包圍著的嬌小農舍。

很漂亮乾淨的小農舍，屋前屋後種著花，傍著一個很小的菜園，棚裡的絲瓜垂著，底下是碧綠挺立的蔥。不遠處還有個小小的竹林，沙沙的飄葉聲讓寂靜更絕對。

打開門，沒有隔間的農舍看起來更空曠，樸素的床上掛著蚊帳，滿架的書，很突兀的有台筆電靜靜的放在茶几上。一旁的大書桌，一個少女正在專注的畫著符。

「明玥，我們有客人。」水曜淡淡的說，「妳可認識？」

「我？」少女抬起頭，滿臉英氣。「我怎麼可能會認識？」

但明峰瞪大眼睛。眼前這樣英氣逼人的少女，和伯公宛如同個模子刻出來的。

「但、但我似乎認識妳。」明峰急忙搜索記憶，伯公的名字？糟糕，他只聽過一次，「宋、宋清……宋清松！宋清松是我四房伯公！」

換明玥瞪大眼睛。「四房？對對對，爺爺說我們是四房……你是？你是清柏叔公的孫子？」

「不不，我是大房的。宋清庚是我爺爺！」明峰興奮得臉孔發紅，又有點害羞，「論輩分，妳應該是我堂妹。呃……這個傻呼呼的女生，是妳堂姊。她是我二伯的獨生女……」

明琦張大嘴，只覺得整個混亂起來。「……堂哥，你真是越來越了不起了。不但跟天行者路克一樣會揮光劍，還會背這麼複雜的族譜……」

「閉嘴！是妳太沒用了好不好？真不知道妳到底有什麼用啊～」

三、未來的哀傷

水曜聽著他們一群年輕人認親，含笑著轉去廚房泡茶，讓他們自在點。

「妳怎麼還搞不清楚？」明峰生氣起來，「很簡單嘛，我們是大房，算本家，伯公是四房的分家。清柏叔公？那當然不是爺爺的弟弟啊！那是伯公的弟弟……吼，清柏叔公就是明熠的爺爺啊！」

明琦和明玥望著他，只覺得眼前直冒金星。

「但、但是，明熠堂哥喊爺爺外公欸……」明琦從小就覺得奇怪，為什麼明熠喊爺爺外公，卻不是表哥而是堂哥。

「因為明熠的媽媽是爺爺的姊姊的女兒，只是被爺爺收養了。」明峰耐性的解釋，「明熠的媽媽又嫁給清柏叔公的兒子，後來生了明熠。照族譜來說，是同宗堂兄弟沒錯，但還是得叫爺爺外公……」（見附錄「關於宋氏家族」）

兩個女孩張著嘴，眼前已經不是金星，出現了燦爛眩目的銀河。

「懂了沒有？」明峰不放心的追問。

「……不懂。」兩個女孩很誠實的異口同聲。聽得懂就能成仙了，何況她們沒打算成仙。

「怎麼這麼笨哪？」明峰暴跳起來，「這麼簡單淺顯易懂的親屬表還不懂？好，我再說一次……」

明琦驚恐的掩住耳朵，明玥喊著，「我去找急救箱！」然後快速逃逸。

「欸，妳們兩個很沒用欸！」明峰氣炸了，「以後遇到親戚怎麼辦？都不認識了啦～」

「知道你是囉唆的堂哥就行了啦～」明琦哀叫，「饒了我們吧～」

「年輕人真是熱鬧。」水曜笑著端出茶來。「這麼快就打成一片。」

打成一片……我是滿想動手巴她們腦袋的。明峰悶悶的喝著茶。

明玥捧出急救箱，幫明琦的脖子上藥。「……這個堂哥……脾氣好像不太好？」她和親戚都不太熟，不禁有些膽戰心驚。

「那倒不是啦。」明琦齜牙咧嘴，不碰還不痛，上了藥，簡直要命，「嘶……輕點輕點……堂哥很疼我們的，以後妳就知道了。他啊，就是那種『口嫌體正直』，比誰都疼，就愛裝得不在意。妳也學道啊？真好，有老師教。」

「堂姊，妳沒有喔？」明玥張大眼睛，「好可惜，我覺得妳氣很純呢。叔公不教妳嗎……？」

她們倆個女孩聊了起來，明峰和水曜相對著。

「讓她們小姐妹講講話，我叫你明峰可好？」水曜笑了笑，雖然帶著憂愁，但是種美麗的憂愁，「你受傷了？」

明峰這才覺得後背有些疼痛。崇鰍的火術雖然火候不足，畢竟是神道正統。衣物無損，卻灼燒肌骨。他脫下襯衫，水曜暗暗的皺緊眉。整個後背都是燒傷，焦黑一片，令人膽戰心驚。

這丫頭，下手就是殺著。雖說天分不高，但哪個普通人捱得過呢？崇家的孽難道要造到完全滅絕才停止？但她卻不想去翻閱那個結局。

難得這孩子能忍，居然行動如常……細看她又發愣。焦黑的外皮下，居然已經新生了肌膚，剝掉焦皮，竟然恢復如常。

這是……她深思起來。「……你懂療癒？還是誰先幫你治過傷？」

「沒啊。」明峰背對著她，看不到水曜的表情。「不嚴重吧？剛燒到的時候真的好痛……但明琦幫我滅過火，火滅了就不太痛了。」

明琦？她狐疑的瞥向那個女孩，看到她手腕上翠光一閃，不禁微笑起來。看起來，大師傅很喜歡這女孩啊……

試著將所有焦皮剝下，她挽了把毛巾幫他擦拭，「不礙事。不嚴重的。」

「是啊，我也覺得不嚴重。」他有些憂心的看著明琦，「我比較擔心明琦的傷。」

「她有大師傅給的手環，不會嚴重到哪去。」水曜正色，「大師傅給過我電話，說你會來找我。」

「是。」他趕忙從胸口拉出項鍊，串著一個小小的水晶瓶子，裡頭的碎片晶瑩剔透，透著陽光，幻化著五彩繽紛。「這是大師傅要我帶來的。」

這麼乾脆？水曜凝視著他，「你不想留著？或吃下去？」

「留著？」明峰呆了呆，「我留著幹嘛？這可以吃？怎麼看都是玻璃碎片啊……吃來路不明的東西不太好吧？」

水曜的驚訝一閃即逝。很有趣，真的……很有趣。人類或多或少都有神魔等眾生的血緣。對這些碎片無力抗拒。舒祈遵循都城的意志，她則有「淡漠」護身，而明玥有堅強的信念和正義感。她們是少有的、不受碎片誘惑的人類，第一次，她看到不被誘惑的男人。

他憑恃什麼？難道就憑恃……

「你是『繼世者』吧！」她淡淡的說，像是在談天氣般平常。

但明峰卻整個驚跳起來。她……她怎麼知道的？「我、我我我……我不是……」他狼狽的想否認。

「每隔一段時間……很長的時間……就會出現你這樣的純種人類。」水曜依舊淡漠，她彎了彎嘴角，話鋒一轉，「我的師傅，有嚴重的流浪癖。他沒辦法忍受在同個地方久待，也沒辦法和任何人深交。但他卻收我為徒，將一切的本領都交給我。你知道為什麼嗎？」

明峰摸不著頭緒。為什麼突然跳到這裡來？他誠實的搖了搖頭。

「因為他發現，我也被『未來之書』選上了。」她苦澀的笑了笑，「這實在不值得高興。」

「……妳可以閱讀『未來之書』?!」明峰大吃一驚。「在哪裡?那本書在哪裡?」

「那是無法碰觸的書，我沒辦法告訴你在哪。」水曜疲倦起來，「有人閱讀的方法是水占，聽說也有人凝視岩漿、沙盤，許多各式各樣的媒介。我和師傅的方式特別一點……我們兩個都是『預知夢』。」

「……無法控制閱讀的部分嗎?」明峰的聲音微微顫抖。

「不能。」水曜沉默了片刻，「但我倒是希望，永遠不要看到。」

這是很重的重擔，超越了人類的極限。他們被強迫閱讀這本繁複的未來，既不能別開頭，也無從逃避。在夢中看到的未來，絕對不會更改。但他們看到的卻是極少數的片段，毫無秩序可言。即使領悟了會發生在何地、何時，做再多的努力，還是無法改變已定的結局。

她的師傅立志成仙，已經活了超過人類壽算很多倍。但他就是遇到這個阻礙跨不過去——無法忍受既定的悲劇在熟悉的土地、熟悉的人身上無可迴避的發生。

師傅就這樣自我放逐，而她，選擇默默忍受。

所以，她預見了明峰和明琦的到來和身分，也預見了崇家的追殺。但她既不知道時間，也不知道地點，只能經過繁複龐大的卜算，才找到他們。

但她並不知道弟子明玥是明峰的親戚，因為未來之書沒讓她「看見」這部分。

不過，她預見過繼世者的模樣，強烈的像是未來之書巴不得想用刀刻在她的腦海中。

「以前還沒這麼頻繁。」水曜憂鬱的笑笑，「封天絕地後，更無寧日了。」

閱讀著無法改變的結局，只能眼睜睜看著災難降臨。光用想的，明峰就覺得不寒而慄。「妳很辛苦，真的。」

「還好。」她淡淡的回答，「所以我沒辦法待在崇家……只用那麼狹隘的眼光去看待世界。對這種無奈的天賦，我尚可忍受。但是……我卻看到了……」她的神情脆弱起來，「末日。」

「末日？」

水曜疲憊的閉上眼睛，「別問我是何時，是怎樣的光景。我不想提。」

「……因為我不肯聽從命運安排？」明峰低下頭。

「不，不是。」水曜笑了，「你聽從安排，也只是將末日往後延一點點，真的只有一點點。看了這麼久，我勉強組織過，或許，末日就是個既定的結局。有生就有死。即使是神明也會死去，並不是永遠不會消亡。未來之書有無限可能的情節，我看到的夢境延伸到極遠的過去……其實，在遠古天柱折斷的那一刻，這世界應該毀滅。但我不知道發生什麼事情，這世界存活下來……未來之書因此非常混亂。」

明峰聽得一頭霧水，水曜瞥了瞥他，安撫的拍他的手背。「沒關係，當作我自言自語好了。」她望著窗外的碧綠，「我以為我是個沒有感情的人，誰知道目睹末日之後，我才發現，我居然這樣深愛這個污濁擁擠的人間。」

她疲憊的臉龐轉成堅毅。「……總之，到時候會有辦法的。我只希望你了解，萬一……我是說，萬一。萬一你熬過末日，若誰都不在了，你們……你和宋家子孫，能夠管護末日後的人間。這是你們年輕人的責任了。」她凝重的握著明峰的手。

雖然聽不太懂，但明峰覺得恐懼，一種嚴肅的恐懼。像是比聖母峰還沉重的重擔壓在背上，再也喘不過氣。

但就算誰也不在，總還有麒麟在吧？誰都可能會死，但麒麟不可能的。

麒麟會知道該怎麼做。

他暗暗鬆了口氣，「我會盡力的。」

水曜的憂鬱褪去，露出一個堅強而美麗的笑容。「我知道你會的。沒有結局，是不能更改的。」

要到很久很久以後，明峰才了解水曜的意思。而他，並沒有辜負水曜的期望。

他們在小鎮盤桓了幾天，見識到明玥宛如鬼屋的家。

真不愧是茅山宋家，天賦異稟，連宋家子孫娶的老婆也一個比一個有膽識，能夠在這種鬼屋處之泰然，談笑風生，面不改色的生活下去。看得明峰和明琦嘖嘖稱奇。

明玥也跟他們提及了碎片的由來。大師傅雖然略提過，但所知不如明玥的詳盡。畢竟明玥和化人失敗的飛頭蠻同校過，失去大部分魂魄的飛頭蠻還拜明玥為師，而飛頭蠻的人類弟子，也是明玥的忘年之交。

「我聽師傅說，飛頭蠻殷曼是千萬年難得一見的天才大妖。」明玥說，「我是看不出來啦……畢竟我遇到她的時候，她只是個有些不可思議的小女孩……她化人失敗得很徹底，連內丹都被搶走了。但師傅說，她修煉千年，境界卻比許多好幾倍修行的妖怪、甚至某些神明還深遠。所以，她的魂魄碎片成了很好的催化劑……」

她沉默了一會兒，「……像是上好的仙丹藥引。」

明峰莫名的，起了一種嚴重的反感。他不認識飛頭蠻，甚至這種種族他也鮮少聽到。但任何種族的存在，都不該是其他種族獵殺的對象，而且理由不是為了生存，僅僅是追求強大的藥引。

「我有接到君心哥哥的信喔。」明玥話鋒一轉，「這年頭了，誰還寄信……大家都用e-mail了啦……君心哥哥真古板……」但她神情很愉悅，「他們正在收集魂魄碎片喔。希望小曼可以真的好起來……雖然她不太記得我了。」

望著明玥，明峰的神情溫柔起來。他的妹妹們……都有股英氣，都有著善良的好心腸。

「身為妳們的哥哥，真的太好了。」他攬著明玥和明琦的肩膀，充滿了說不出的感動。

「……堂哥，你也犯不著哭啊……」

* * *

明玥的奶奶和爸媽很高興看到明峰和明琦，很熱情的邀他們住下。明玥相當喜歡這對哥哥姊姊，尤其是明琦。明玥一直渴望有個可以談心的姊姊，現在明琦來了，個性又特別相契，更是整天膩在一起，她們常常兩個手牽手，跑去水曜家。

明峰也沒有阻止。讓明琦啥都不懂自己亂撞，還不如能學多少算多少。但是他看到明琦展示給他看的精美刺繡，不禁扁了眼。

「……妳跟修仙者學這個？」他聲音大起來。

「不對嗎？」明琦皺緊眉，「你不覺得很美嗎？這是藝術欸～」

……妳高興就好。

反正暑假也快結束了，不是嗎？人生有多少自由自在的時光？與其花時間去煩惱未知的災難，還不如讓她高高興興學些她喜歡的東西。

「好啦好啦，很美啦。」明峰寵溺的揉亂她的頭髮，「老愛這些五四三的。」

明琦笑了起來。這樣一路的危險驚嚇並沒有在她心裡留下陰暗的痕跡，她依舊樂觀開朗。即使她知道了末日的存在，還是打算開開心心過每一天。

後來明琦繡了一打又一打精緻的繡花手帕逼明峰用，很巧的是，也是藍色小花。明峰每次收到她寄來的繡花手帕，都會啞口無言。

雖然會回信抱怨，但他還是珍惜的使用著，沒有白費明琦辛勤的苦心。

＊　　＊　　＊

他們在小鎮待了十天，就在明琦要回去註冊的前兩天，睡夢中的明峰彈了起來。

客房裡的電話炸得飛跳，迷迷糊糊搞不清楚狀況的明峰飛身過去接住往地板砸下的電話機。

愣愣的抱著電話，他晃了晃頭。

「喂喂？」掉落的話筒傳出麒麟的聲音，「這樣也醒不過來？是不是該再炸一發火符……？」

「別！別別別！」還沒完全清醒的明峰抓著電話大叫，「這是我伯公家的電話！妳不要隨便亂炸，炸了我怎麼跟嬸嬸交代啊～」

「咦？醒了嘛。」麒麟不太高興，「醒了不會出聲喔？」

幾點了？明峰看著漆黑的天色，和床頭夜光螢幕的鬧鐘，分秒不差，剛好三點半整。

「……半夜三點半！」明峰氣得發抖，「誰有辦法在這時間瞬間清醒?!妳到底有沒有人性……」

「你可是炸了我的食道，差點把我給宰了。」麒麟冷冷的說。

明峰瞬間語塞，不禁冒出冷汗。完蛋，居然有這把柄在她手上，他將來還想有好日子過？應龍真是混帳東西，共個鳥嗚!?現在他該怎麼辦哪～

「啊就……就、就……我又不是故意的。」他狼狽的分辯，「我我我……好嘛，對不起……」

「說對不起就沒事的話，這世界上還需要警察嗎？」麒麟的聲音更冷了，「你知不知道差點宰了我是小事，吃飯喝酒不方便才是大事嗎？」

這下子，明峰的後背也沁出冷汗了。

「……炸都炸了，不然怎麼辦？」明峰硬著頭皮回答，「妳也讓龍女來好好『教訓』我了……」想到差點讓龍女的怒氣秒殺，他就熱淚盈眶。

「你說這什麼話？」麒麟似乎心情大大好轉，「我是那種記恨的人麼？」

妳是。明峰默默的在心裡說。當然，他沒種這樣對麒麟嗆。

「我心愛的徒兒跟我求救，我掐指一算，這又的確是桃花劫……」

妳的卜算向來很爛，這需要我提醒嗎？當然，明峰也只敢腹誹，沒膽子提醒麒麟。

「……我又傷得動彈不得，妳也知道蕙娘忙著照顧我的『傷勢』，」她特別在「傷勢」兩個字加重語氣，「徒兒有難，我做師傅的也不好坐視是不是？剛好你又有個名正言順、貴為神族的未婚妻，當然只能商請她去解救你的桃花劫……」

說得比唱還好聽！明峰氣得差點握碎電話。若不是大師傅來救他，現在他和明琦還在那家旅館洗被單抵債啊～

「明峰，你怎不說話？」麒麟心情越來越好，「為師是怎麼教你的？連句謝謝都不會說？」

……妳教我什麼？妳到底教我什麼啊～「……那還真是謝謝妳喔！」上輩子我造了

什麼孽，這輩子得來當麒麟的學生啊?!

麒麟嘻嘻一笑，「不客氣。你知道的，我從不記恨，而且施恩不望報。」

跟食物無關，妳的確如此。但該死的，這件事情跟食物有關係，大大的有關係。

「不過，」麒麟語氣很輕鬆，「我打算出國，欠個司機，你趕緊滾回來吧。」

……啊？

「妳出國幹嘛?!嫌妳東方招惹的妖怪不夠多，難道欺凌妖怪妳也打算國際化?!」

「我哪有欺凌妖怪？」麒麟不悅了，「過招，那是過招！是那些妖怪太沒用了……我都開門等他們來吃了，還這麼不堪一擊……獨孤求敗的心情，誰人了解……」

夠了！

「妳到底出國要幹嘛？」明峰有不太好的預感。

「聽說西方也有化育池。」麒麟語氣非常平常，像是在談晚餐吃啥，「我沒當過真正的慈獸，當一次來試試看好了。」

「……轉生成慈獸沒有風險吧？」明峰抓緊話筒。

「我有慈獸血統，大約五五波吧。」麒麟聳聳肩，「沒有子麟奶奶和眾麒麟族人護法，有五成是我天生異稟了。」

「……失敗會怎樣？」明峰全身的寒毛都豎起來了。

「會死啊！」麒麟回答得很自然，卻讓明峰整個跳起來。

……這種事情是可以試的嗎?!

「我馬上回去！」他對著話筒大吼，「千萬別自己跑掉，我馬上回去！」

「……我沒聾。」麒麟將話筒拿遠點兒，「不用那麼大聲我也聽得見。你現在在哪？我解除很多阻礙才找到你。」

「我在玉里，我四房伯公家裡。」

「那麼，你將碎片交給崇水曜了嗎？」麒麟問。

大概是大師傅跟麒麟提過了。水曜。她那張憂愁而滄桑的臉在他眼前徘徊不去。被本鬼魅似的書糾纏，望著她不想知道的末日。

「……麒麟，只要被選上，誰也不能抵抗未來之書嗎？」他低下頭，輕輕的問。

麒麟怔了一下，笑了出來。「如果是眾生，大概不能。但人類是可以的。」

明峰猛然抬起頭，握著話筒的指尖發白，「……人類可以？為、為什麼？但是……」

「我都可以了，其他人沒有理由不行。」麒麟淡淡的說，「我還身有濃重眾生血緣哩。徒兒，你只知道人類是脆弱異常的容器，卻不知道裡頭裝著無比的力量。眾生有著堅韌的殼，但外殼如何，內在也如何，限於種族天賦，是沒辦法提升太多的。但人類不同。」

輕笑一聲，「我不邀請你，你不可以進來。」

麒麟掛了電話。

所以，麒麟的卜算非常不準。她拒絕了未來之書。

明峰握著電話好一會兒，呆呆的坐到東方發白。

天一亮，他就堅持要回去，和明玥一家道別，婉拒明玥爸爸的好意，他跟明琦並肩步行，準備去火車站。

去火車站之前，他們特別彎去水曜的家一趟。

「……水曜，我們要走了。」明峰躊躇了一會兒，「麒麟說，人類可以抵抗未來之書。她說，『我不邀請你，你不可以進來。』。」

水曜的表情空白了一秒鐘。笑意緩緩的漾了起來。「原來還可以這樣。請代我跟禁咒師道謝。我總算偶爾可以好好睡覺了。」

偶爾？

「我不會完全拒絕未來之書。」水曜平和的說，「這是我現在可以做的事情。一定有什麼規則可以違反，一定有什麼情報我們得知道。我已經決定了。」

她輕輕的抱了抱明琦，又抱了抱明峰。「一路平安。」

站在門口，她目送這對年輕孩子離去。

偶爾，我也可以休息一下。這樣我可能可以撐久一點，知道得更多一些。她走回屋裡，打開筆電，登入帳密。

「舒祈，我想告訴妳。」她對管理者坦白，「我看得到未來之書。」

舒祈好一會兒才回話，「妳從來沒有告訴我。」

水曜垂下眼簾，「我跟師傅都認為，不該干涉這世界的運行，所以當成我們師徒共有的祕密，不對任何人提。」

「為什麼告訴我？」

「……舒祈，我不能隱瞞了。」她閉上眼睛，「我看到了末日……也看到末日的妳。」

「大概什麼時候？」舒祈淡淡的問。

「我不知道。」水曜煩躁起來，「但我看到身在末日的妳，容貌和現在幾乎沒什麼改變。或許很快……」

「不會的。」舒祈彎了彎嘴角，「放心，不會的。」她考慮了一會兒，「我也告訴妳我的祕密好了。」

舒祈的祕密？

「我從三十五歲開始，時間就凝固了。」舒祈平靜的說，「三十五歲那年，健康檢查的結果不太妙，我得了白血症。」

「……舒祈！」水曜叫出來。

「別慌。很初期的症狀，我日常生活也沒有什麼異常。」她笑了笑，「我不想化療，但病情一直沒有惡化。第二年，我實在覺得奇怪，再去檢查，和前年的報告一模一樣。聽好，是所有的檢查數據都一模一樣。

「第三年、第四年……都相同。我甚至連指甲和頭髮都不再生長，停滯住了。現在我都四十幾歲了，但和三十五的模樣完全沒有改變。」

托著腮，舒祈輕嘆一聲，「也不讓我凝固在年輕貌美的少年時光，凝固在一個拿蔥大嬸的年紀做什麼？」

「……舒祈，妳問過都城嗎？」

「魔性天女只是笑。但我想，我可能明白了。哎啊，我一生都只想當個普通人……沒想到這個願望這麼難以達成。」

她望著窗外。從舒祈的窗外望出去，只看得到陰沉的天空，雜亂的電線和電線桿，紛擾的市聲縈繞，空氣污濁。

「實在不是什麼賞心悅目的景色啊。」她自言自語，「沒想到……我比我想像的更愛這個髒兮兮的世界。」望著虛空，她輕輕的問，「妳也是吧？魔性天女？」

她似乎聽到了一聲粗啞的笑聲。也因此，她悄悄的彎了彎嘴角。

四、尋道

明峰再三叮嚀明琦要直接回家，別惹亂子，卻被明琦白了一眼。

「我怎麼會惹亂？我是柔弱膽怯的美少女欸！」

明峰瞪了她大約五、六秒，頹下肩膀。事實上，他這個堂妹更適合當麒麟的弟子，不過他絕對不會推薦給麒麟的。

開玩笑，一個麒麟就天翻地覆日月無光了，再加上明琦……

為了人間百億人口和眾生的安危，他絕對不能幹這種非常驚悚的事情。

「……反正妳直接回家就對了。」

他非常擔心，但實在沒有空將她押回家。不過歷經了這麼多事情……他這個堂妹總該受到一點教訓和警惕了吧？

事實證明，明峰完全把明琦想簡單了。這位「柔弱膽怯的美少女」不但半路上下錯站，還意外邂逅了重傷的九尾狐王狐玉郎，差點去當了九尾狐王的王妃，又險些把命給丟了。

但這些精采的情節明峰一點兒都不知情。他若知情，非發心臟病不可。

毫不知情的明峰匆匆趕回中興新村。雖說是暑末，南列姑射的陽光依舊潑辣的撒歡，照耀在麒麟屋前的草地上，顯得這樣燦爛。

廣大的草地上，支著曬衣竿，蕙娘細心洗過晾上的白被單，被風吹得獵獵作響。藍得深沉的天空，幾絲輕柔的雲。白牆小樓，碧綠草地。

趕回家的明峰猷住。他住在這裡好幾年，卻從來沒去細看過他和麒麟的家。這完全不像羅紗臨終前的幻夢，但又完全是羅紗的夢幻田園。

就是這裡。就是……他和麒麟住了好些年的這個地方。沒有井，沒有三合院，卻是他最想回來的地方。其實根本不用去尋找，只要是他的家，不就是羅紗的家嗎？

沒有井可以讓西瓜浸涼……但是羅紗，二十一世紀了，我們有冰箱。我可能不會種田，但我們可以並肩種花。羅紗……

如果妳還活著，我想在這裡娶妳。種上幾棵荼蘼，幾棵花楸樹。麒麟雖然是個不像樣的師父，但她也會對妳好。

如果妳還活著，就會有秧兒和瓜兒。

但妳不在了。

他沒有馬上進屋，反而在廣大的草地上徘徊。最後，他在麒麟最喜歡爬的那棵大樹下站定。掏出那小小的布包，一直忠實的，從魔界跟回來的，羅紗的遺物。

含著眼淚，他輕輕念誦著，懇求大地母親接納他最愛的女性。像是回應他的哀傷，輕柔的地鳴之後，樹根下開啟了一條裂縫，剛好讓他放進羅紗的遺物。

但他卻沒有勇氣讓裂縫合攏。凝視著那個布包，他熱淚如傾。

香風乍起，熟悉的芳馨環繞，像是模糊而透明的擁抱。最不可能的事情發生了……魂飛魄散的羅紗，隱約蕩漾的在他眼前現形。她按了按自己完整的左眼，又按了按明峰的左眼。

失去魂魄，只餘思念的羅紗，指尖沁涼如夏夜。

「你……讓人好不放心。」羅紗微笑，完整的左臉、鬼魅般的右臉，一起微笑起來，「也只能將僅存的眼力，送給你了……」

「……請妳放心。」明峰頰上滑過一串串的淚珠，神情卻輕鬆愉悅。明知道……這只是思念。但羅紗即使到這種地步，還是思念著、擔心著。「我會用妳的左眼……看盡世界。」

她微笑，闔目飛騰於空，化作一股香風，沁入樹根之下。

明峰在樹下站了很久，直到微風吹乾了他頰上的淚。

他的追尋終於找到終點，而他，也正式和這段早逝的戀情告別。

他在樹下坐了好一會兒，覺得自己情緒比較平靜了，才走入屋裡。

明峰相信，麒麟和蕙娘一定早就知道他回家了，但她們是這樣的聰慧（就算麒麟是酒鬼，也是個聰慧的酒鬼），知道他的傷痕得自己治療。

可能，非常可能，麒麟早就知道他的答案，但她從來不說。

走進客廳，麒麟抱著酒瓶，正在看《火影忍者》的動畫。薄醺的眼睛半開半闔，在沙發上縮成一團。沒看到蕙娘，樓上傳來忙碌的聲音，想來蕙娘又急著在打包。

這是很平常的景色。他跟麒麟住在一起的每一天，都是這個樣子。但他沒想到，他會這麼想念她們。

想念快喝出鑽石肝的麒麟，想念忙個不停的蕙娘。或許羅紗的死別讓他更不捨，不捨身邊的任何一個人。

「愣著做啥？」麒麟醉眼惺忪的轉頭看他，「去廚房幫我把下酒菜端出來，我現在不方便。」

「……聽說妳炸的是食道不是腿。」溫柔的情感宛如朝霧，一碰到麒麟就化成太陽穴的青筋。

「啊……我腿上有貓啊……」麒麟心不在焉的喝了口酒，「快點去。乾喝酒很沒意思欸……」

「……妳腿上哪來的貓啊?!」明峰吼她，「唬人妳也有誠意一點！」

「被看穿了嗎？」麒麟托著腮，「我好懷念以前的笨蛋徒兒。之前你只會暴跳，看不出來我唬你呀……」

「誰是笨蛋啊?!」明峰還真的暴跳如雷，「妳不要想說這樣就可以混過去！化育池到底是怎麼回事?!這種會死的事情是可以試試看嗎?!還喝？妳還喝?!妳不要想說這樣可以混過去……」

麒麟用指頭堵住了耳朵。

這個舉動讓明峰的大腦瞬間當機，他暴吼一聲，奪走了麒麟的酒瓶，麒麟大怒的將他踢飛，搶回她心愛的酒。捂著自己可能瘀青的屁股，明峰愣了幾秒，撲上去跟麒麟拚命，這屋子開始久違的大戰，真格是地動山搖。

在樓上收拾行李的蕙娘，有些無奈的望著天花板簌簌掉落的灰塵。這兩個怎麼都養不大……

她放下手裡的工作，走下樓。麒麟騎在明峰身上，死命的挖明峰緊緊抱在懷裡的酒。

「……主子，冰箱有我剛買的薄酒萊。我買菜回來妳睡著了，還沒來得及告訴妳呢……」

麒麟歡呼一聲，從明峰身上蹦起來，直奔廚房，靠著冰箱門就開始灌，一面津津有味的吃著乳酪。

鼻青臉腫的明峰搖搖晃晃的扶著沙發起身，「就算是薄酒萊妳也別這樣灌！有沒有點女孩子的樣子？怎麼看都是路倒的爛酒鬼！……等等，」他猛然醒悟，「喂！麒麟，妳還沒說妳幹嘛非變成慈獸不可啊!!」

麒麟含含糊糊的回答，「唔……（嚼嚼嚼），啊就……既然有這種設定，就什麼都玩看看啊，慈獸算隱藏人物欸！這也不是普通人可以有的體驗……」

……這是理由？這也好算是理由?!

「有一半的機會會翹辮子啊！我可不要替妳披麻帶孝！」

「還有一半機會不會嘛，人生自古誰無死……」麒麟伸出食指搖晃，「我跟各殿閻羅都有交情，說不定會放我歸陽，若不能，好歹也可以混個官兒做做……」

「……冥界封閉了不是嗎？」明峰額頭的青筋幾乎有蚯蚓粗，「連冥道都不通了，妳還指望閻王給方便？」

「對喔。」麒麟開始傷腦筋，「那我去拜託舒祈……」

「甄麒麟！」明峰怒吼，「妳給我正經點！」

「我向來是個嚴肅正經的人。」

「……」

麒麟死都不告訴他為什麼要去尋化育池，被他纏到煩了，麒麟高舉雙手：「我錯了，宋大爺，我真的錯了！我不該打電話給你，應該自己悄悄的出國去……」

「妳敢?!」明峰對她揮舞拳頭，「妳敢自己偷跑，天涯海角我也去找妳鞭尸！」

「這是損毀屍體，違反法律的欸。」麒麟喃喃的抱怨，「你是師傅還我是師傅？是我聽你的還是你聽我的？」

明峰完全忽視她的抱怨，身為一個不像樣師傅的弟子，就是這麼勞心勞神，他早就覺悟了。「到底是為什麼？妳說！」

她是哪根筋不對，收了這樣一個囉唆又雜念的徒兒呢？麒麟納悶起來。這年頭的食客和徒弟，真的一個比一個囂張了。瞧瞧這審案子的口吻！

「啊就……我人類的部分已經完蛋。」她決心簡化整個事實，「不變成慈獸，我可能活不久。」

你知道的，「活不久」是個非常曖昧的名詞。從蜉蝣的角度來看，活不到一個鐘頭叫做活不久；從人類的角度來看，再活也活不到一個月叫做活不久……

從慈獸的角度來看，活不到三百歲，就是夭折，活得不久了。

麒麟用的就是慈獸角度，但當然，她是不會告訴徒兒的。

果然明峰臉孔蒼白起來，雙唇顫抖。麒麟趕緊把頭一低，省得被他看破拚命忍住狂笑的衝動。

「……情況這麼糟糕？」他連聲音都不穩了。

「其實沒有很糟糕。」麒麟聲音古怪的說，聽在明峰耳裡，像是在壓抑啜泣。

「妳為什麼不早說?!」明峰大聲起來，「還跟我盧盧盧盧什麼盧?!蕙娘，我們馬上去收行李，機票訂了嗎？幾時出發？這不能耽擱了啊！」

蕙娘忍不住開口，「其實……」她實在不忍心看明峰這傻孩子讓主子耍得團團轉。

麒麟在她手臂上捻了一把，「別說，蕙娘。白讓明峰擔心做什麼？」她神情怪異的微笑，「我累了，先回房休息去。」

「快去休息。」明峰誤會得更深，「妳有病啊？幹嘛故做開朗？還有五成的希望不是嗎？去去去，晚餐妳想吃什麼？我去弄！」

已經走上樓梯的麒麟沒有回頭，「……梅干扣肉可以嗎？我想在……在……在出國前吃一次客家菜。」

明峰瞪著麒麟的背影，和應龍起共鳴的感覺又襲上心頭，簡直讓他無法呼吸。麒麟……麒麟不會死的，他不會讓麒麟死掉的！

「好。」他別過頭，「快去休息。」

他不知道的是，麒麟憋到房間，鎖好門，坐在床上開始放聲大笑。如果他知道被麒麟唬了，非衝去試圖將她大卸八塊不可。

飛往地中海的旅途很漫長。

雖然漫長，但沒有明峰原本擔心的災難。他對搭乘飛機一直都很排斥，要不是狀況緊急，他實在很想建議搭船前往比較安全。

想想看，他搭幾次長途飛機，都有大大小小的災難。去紅十字會上學，弄到飛機迫降，和麒麟出差，和金毛犼大戰。這次不知道會遇到什麼狀況……他實在忐忑不安。

尤其是一上飛機，原本坐在窗邊的明峰就乾扁的和蕙娘換座位。因為小小的窗戶擠滿了將臉壓在玻璃上的眾生，大半都是精怪。要驅趕他們，他們沒惡意，單純對明峰好奇（說不定還有點小小的崇拜）：不趕他們，將臉壓扁在玻璃上的精怪又有幾分恐怖，更有幾分爆笑。

只好請蕙娘坐在窗邊鎮壓，麒麟坐他們中間，明峰坐在走道旁。

但沒想到，這樣也不得安寧。

他們搭經濟艙，但得到頭等艙的待遇。兩個貌似雙胞胎的姊妹花空姐，巧笑倩兮的噓寒問暖，服務的無微不至，還衝著明峰拚命笑，交頭接耳的興奮低語。

「……妳問。」

「不要啦，妳問……」

推來推去好一會兒，雙胞胎空姐之一走了過來，聲音興奮得發抖，「呃……請問，宋明峰先生，您認識……英俊嗎？」

明峰吃了一驚，抬頭看著這位俏麗的空姐。又陌生又熟悉的氣，光滑柔順的黑髮偶爾會不太安分的蠕動一下。

「妳們……？」明峰訥訥的，「妳們是……英俊的族……我是說，妳們是英俊的親戚？」

「對對對，我們都是她的族姐！」兩個空姐熱情無比的過來和他握手，非常激動的大晃，「英俊真是好福氣，跟了少年真人當式神！她打電話回家，我們都替她好高興呢！她從小就呆，又很排斥變化人形，連性別都還沒有。這年頭要在人間討生活，不變成人怎行呢？沒想到她不但會變了，性別有了，還嫁人生子了！妖力一整個提升許多……」

這對空姐嘰哩呱啦的，嘴巴就沒停過。聲音清脆好聽極了，怎麼看都是一對佳人，半點破綻也沒有。誰想像得到，這樣清麗嬌柔的空姐，居然是一對妖鳥姑獲呢？

不過……也對啦。身為空航守護妖，再也沒有比空姐這樣的職業掩護更好的了。連明峰都沒認出她們的身分，尋常的驅魔師更抓不到頭緒。

不知道麒麟看出來沒有？

「美麗的小姐們，」麒麟笑笑的舉舉酒杯，「再來杯香檳如何？」

「禁咒師都開口了，我們敢不依麼？」空姐之一笑著，「要多少有多少，只是……少年真人能不能幫我們簽個名？」

……簽名?!

「那有什麼問題？」麒麟很大方，「要簽多少有多少，就怕妳們紙張不夠。」

她們倆立刻奔去取了簽名板，殷殷的看著明峰。

「為、為什麼要簽名？」他整個窘起來，「為什麼我要罰寫名字？」

「明峰大人，你在我們族裡可是很有名的！」她們倆個交握雙手，「繼世者欸！傳說中的繼世者……我們的族妹居然是繼世者的式神欸！」

「繼世者好帥喔！」

「而且這樣體貼溫柔的照顧自己的式神……您還允許她結婚生子欸！」

「我們好羨慕啊～」

「就像主人和女僕的關係……好浪漫～」

……妳們在說什麼，我怎麼都聽不懂？

明峰臉孔抽搐了兩下，默默的罰寫了自己的名字。他只希望趕緊結束這種尷尬。這對姊妹花非常健談，最初的羞赧過去，明峰很快的和她們打成一片，解除不少旅途的枯燥。

「好奇怪呢！」當中的姑獲姊姊說，「為什麼我會很想吃明峰大人？」

明峰把嘴裡的果汁都噴了出來。他慌張的擦拭著腿上的果汁，「……啊?!」

姑獲妹妹歪著頭端詳明峰，「唔，我也有點想……」她下意識的舔舔唇，很性感，但讓明峰整個毛起來，「明峰大人祖上有蛇的血緣嗎？還是龍？」

吭？「這我不太清楚……但從沒聽說過。」這對姊妹花好奇的在他身上嗅來嗅去，讓明峰的頭髮都快全體站立了。

味道？蛇或龍的味道？

「應龍是龍的一種沒錯吧？」明峰搔搔腦袋，「應龍逼我吞下一顆珠子，說那是如意寶珠。但他被關了好久了……關到神裡神經，他的話也不能全部相信就是了。」

「……如意寶珠？」這對姊妹花驚呼，「那可是……」

明峰還沒回答，腦袋已經被麒麟巴了一下。

他轉頭，麒麟籠罩著黑暗，眼中燃燒著怒火，「這麼大的事情，你沒告訴我?!我非代替月亮懲罰你不可！」

「……師傅，現在是白天，哪來的月亮？」

麒麟才不管這些，揪著明峰的胸口怒吼，蕙娘為了不引起騷動，張起隔絕聲音的結界，看得這對妖鳥姊妹花目瞪口呆。

果然是禁咒師身邊引以為傲的殭尸式神。須知殭尸原本不長於結界這類防御性法術，沒想到禁咒師的殭尸式神不但精於結界，還精通到可以僅隔絕聲音。

這真是太不可思議了。

蕙娘無奈的瞥了她們一眼，一面拉著麒麟勸著，「是了，主子，我知道妳很生氣……好不好鬆鬆手？明峰的臉已經跟豬肝沒兩樣了……」

麒麟這才心不甘情不願的鬆手，「你給我說！為什麼這麼大的事情不告訴我？」

明峰嗆咳了好幾聲，沒好氣的翻了翻白眼，「……妳不是摔我電話？我怎麼告訴妳？」

「你不會再打嗎？」麒麟發著怒，「你若早點告訴我，如意寶珠還能取出來……」

「反正也沒食物中毒的現象，不用管它吧？」明峰有些不耐。想想他身體裡藏了一堆不安分的惡靈式神都活得好好的了。一個小珠子算啥？

「既然你這麼看得開，」麒麟的神情轉凝重，「那先恭喜你長生不老了。」

……啥?!

「妳說什麼?!」明峰跳了起來，「什麼長生不老？妳開玩笑對吧？不過是顆玻璃珠……」

「是啊，不過是顆如意寶珠。」麒麟不怒反笑，慢騰騰的抿了口酒，「不過應龍死到骨頭都成灰了，只剩下魂魄居然還存活，甚至法力都還在，你想過是為什麼？就是他的如意寶珠沒毀，直到他將寶珠給你吃了，這才真的死得成。現在你成了如意寶珠的新主人……恭喜你擁有龍一般的壽命和永遠的青春啊。」

明峰的臉孔整個蒼白了。這潑泥鰍！臨死還擺他一道！他可不想自找的當妖怪！

「……師傅，請妳幫我拿出來。」他雙目含淚。

「現在知道是師傅了？」麒麟冷冷的說，她陰晴不定的低頭想想，又把了明峰的脈，向來神氣的她，頹下了雙肩。

「太遲了。」她凝重的宣告，「已經和你的心臟融在一起。」

這比醫生宣告癌症還讓明峰震驚。他整個人像是被雷打到，張著嘴，還不死心的掙扎，「……能不能開刀？」他不要長生不老！大家都老去、死去，留他一個孤鬼兒做什麼?!

「可以啊。」麒麟閒閒的回答。

明峰湧起了一絲希望，他就知道麒麟會有辦法的。

「摘除心臟就好了。」

……對麒麟抱著希望，根本是自找的絕望。

「沒有其他安全點的辦法嗎?!」

「誰讓你不告訴我?!」

他們倆個在狹小的座位打了起來，蕙娘只能默默的加強結界，加上一層幻術掩飾。

「……蕙娘大人，您真的好厲害喔！」妖鳥姊妹花眼中湧出了崇拜。「我們都三百多歲了，還沒見過像您這麼有本事的殭尸呢～」

蕙娘無言了片刻，「……生命自會尋找出路。」

看著她們倆滿頭問號，蕙娘虛脫的嘆口氣。

＊　＊　＊

明峰沒好氣的去洗手間。

麒麟的力氣又大了許多，這次他被打青了一隻眼睛。看著單邊熊貓眼，他弄溼了手帕，試圖冷敷一下。

照著鏡子，他實在看不出來自己有什麼異樣。就那麼顆玻璃珠，真的會長生不老？煩惱了一會兒，他決定不去想了。應龍都死多久了，就算是如意寶珠，也總有保存期限吧？為了還沒有發生的事情就發愁，實在太蠢。

按著右眼走出洗手間，讓兩個憂愁到有鬼火的妖鳥姊妹花嚇得貼牆。

「……妳、妳們……怎麼了？」

「不要緊嗎？明峰君？」她們兩個臉上有著一模一樣的擔心，「剛看你受到很大的打擊……又被禁咒師痛扁……但我們不知道該不該插手……」兩個妖怪少女低頭，絞扭著手指。「長生不老也不是那麼不好……如、如果你覺得很寂寞，我們家鄉歡迎你來，隨便你想待多久就待多久……我們有假就會回去陪你……」

明峰睜大眼睛，看著這對善良的姊妹花。原本還有些忐忑的心，漸漸的穩了下來。她們啊，果然是英俊的族姐。擁有著相同無辜的大眼睛，和善良溫暖的心。

「妳們……都是好孩子。我沒事的。」他溫柔的說。雖然她們變化為人形，但隱藏在濃密長髮下，卻有著相同的、無力垂下的蛇頸。應該是修行的關係，不再滴下毒血，也能夠偽裝起來，不讓人看到。

但，也跟英俊一樣，很痛很痛吧？終生不會癒合的傷口。

「我不知道為什麼，這樣就可以治好。」他掏出藍色小花OK繃，小心的貼在她們藏起來的蛇頸上，「但妳們又沒做錯什麼，祖上的罪孽關妳們什麼事情？希望妳們痊癒，但願你們姑獲一族，再也不受這種痛楚。」

從出生就該纏綿到死亡的痛楚，消失了。在他溫柔的呵護下，消失了。她們突然了解了英俊的心情，她們也甘願，情願為這個悲憫照料她們的短命人類獻出自己的生命和一切。

明峰和姊妹花不知道，他的溫柔不但治癒了英俊和姊妹花，也相同的影響了遠在故鄉的眾姑獲鳥。他們的詛咒來自一個敗德代天帝，而身為繼世者卻對自己一無所知的明峰，卻赦免了他們。

這讓姑獲一族甘願為他獻出生命。

此是後話。

＊　＊　＊

他們抵達希臘的時候，姊妹花空姐跟他們道別。

「明峰君，我叫做『翺』，這是我妹妹『翔』。」當中的姊姊對他說，送給他一片宛如翡翠的鳥羽。「英俊在孵卵諸多不便，只要你持羽呼喚，天涯海角，我們都會設法趕到。」

他再三推辭，還是拗不過姊妹花的熱情和堅決。摸了摸她們的頭髮，明峰跟著麒麟下了飛機。

將翠羽收起來，麒麟冷眼片刻，「你可不要真的持羽呼喚。」

「我才不會亂麻煩人家……等等，」他毛了起來，「為什麼？有什麼不對？」

「姑獲一族聽說有種很特別的法術，叫做『魂行千里』。消耗自己的生命瞬間飛抵某地。這種法術算是大絕，多行個幾次就準備好收屍了……畢竟她們不是你的式神，要幫你就只能這樣。」

明峰張大嘴，轉身想衝上飛機，卻被麒麟拖著走。「人家姑娘的心意，你幹嘛糟蹋？只是告訴你後遺症，能不喚最好……你這人的桃花怎麼老是開在最古怪的地方？」

……我也不想好嗎？

等待通關，明峰越想越不通，「我記得英俊是吸食人的生氣的。」

「是呀，」麒麟不以為意，「姑獲一族遭罰之後就只能吸食人氣。」

「但她們卻會想吃蛇或龍……？」這不是很奇怪？

「天敵咩。啊，你不知道妖鳥姑獲和佛土八部眾的迦樓羅鳥是親戚嗎？雖然是遠親，但的確出於同源。」她施施然的往前走去。

……妳說啥？妳說……姑獲鳥和日食千龍，尊貴高傲的迦樓羅金翅鳥一族是遠親?!

「我覺得，」明峰頭昏腦脹的說，「自從我當了妳的弟子以後，似乎跟現實距離越來越遠了……」

「這就是人生。」麒麟打開小扁瓶子，灌了口酒。

五、迷途

「然後呢？」明峰扛著沉重的行李，跟在麒麟身後費力的走著。計程車司機不知道聽不懂麒麟的口音還是故意，將他們扔在距離旅館還有兩公里的荒郊野外。

「什麼然後？」麒麟心不在焉，「當然是先到旅館住下，找個餐館開始吃飯喝酒……」

「……除了吃飯喝酒，妳就沒關心過別的嗎?!」明峰一整個火起來，「妳的希臘語也講得很爛！妳跟司機雞同鴨講什麼啊?!他不但敲竹槓，而且還把我們扔在這個荒郊野外，連輛車都不見……」

「不然你來跟他講？」麒麟略抬了抬眼皮。

明峰頓時語塞。他的天賦在閱讀，標準的能讀能聽能寫不能言。聽完全聽得懂，但開口就是一片空白，和他臨陣忘記咒語簡直是一模一樣。

「我覺得你不知道算是天才還是笨蛋，」麒麟端詳了他一會兒，「說不定你有某種學習障礙。你要不要看醫生？我認識幾個很不錯的精神科大夫……」

「……閉嘴。」

麒麟找了路邊的樹蔭坐下，從行李掏出酒，「坦白說，我不想跟他盧下去，是因為他的水箱快爆炸了，大約熬不到兩公里吧！」

明峰睜大眼睛瞪著她，決定不去問她為什麼。麒麟如果說明天太陽會從西邊出來，最好還是相信她，然後不要去問理由比較好。

越問就越脫離現實了。

「妳怎麼不跟他講？」他決定問比較安全的話題。

「專敲觀光客竹槓的司機是該受點教訓。反正步行也不遠……大約五公里就有電話可以借了。」

「……他應該有手機吧？」

麒麟嘿嘿笑了兩聲，「沒電了。」

……他決定，以後他開車，絕對不要讓麒麟坐在助手座。這實在是比爆裂物還危險的乘客。

「到底還多遠？」他扛行李快累死了。

「應該快到了……我炸了火符。」麒麟悠閒的繼續喝冰啤酒。當然，也最好不要問她啤酒為什麼冰到冒水珠。

果然遠遠的，一輛小小的金龜車用瘋狂的速度駛來，發出尖銳的煞車聲停在他們面前。駕駛馬上蹦出來打躬作揖，連連道歉，恭恭敬敬的請他們上車，還自動自發的將大堆的行李塞進小得跟鞋盒一樣的行李廂。

塞得進去這件事情就不去討論了……但這位先生的身上為什麼洋溢著海洋風味？

麒麟略略抬了眼皮，看著呆在一旁的明峰，「沒見過西洋的龍王？」

這位俊俏的像是希臘塑像的美少年不大好意思的點頭，抱怨著，「麒麟，妳老愛洩我的底。」

「我可沒說你特愛拖女人下海吃掉。我十來年沒經過，你又吃了多少女人？」

「不不不，親愛的，自從讓您『教誨』之後，我再也沒吃過人了……」美少年縮了縮脖子，聲音發顫，「真的，妳要相信我……莉莉絲也可以為我作證！」

麒麟冷笑著，坐進了助手座。

這個時候，明峰突然非常同情這個會吃人的西洋龍王。

正確來說，這是棟漂亮的別墅型民宿。充滿地中海風味，色調以藍白為主，非常美麗。

但這家民宿卻掛起休息的牌子，西洋龍王老闆為了接待麒麟，將客人趕了個精光，小心翼翼的服侍這位超資深美少女。

不知道當年麒麟是怎樣嚴重「教誨」他的。

看看這滿桌熱騰騰的道地希臘菜，大塊羊排、大盤沙拉，還有讓人目瞪口呆的龍蝦，甚至還有個巨大的披薩。

當然，絕對少不了的紅葡萄酒發著寶石般的光芒，在餐桌上閃爍。

麒麟毫不客氣的坐下來據案大嚼，明峰和蕙娘卻沒什麼胃口。尤其是明峰。他和堂妹旅行了一個暑假，雖說明琦不是那種減肥的人，吃得比一般女孩都多，但他總覺得她食量小。結果回到麒麟身邊，又看到她恐怖的食量，一整個臉孔慘白，完全無法習慣。

看她吃飯，就會覺得撐死，誰還吃得下。

「麒麟親愛的，」西洋龍王滿臉堆笑，「餐點還合妳胃口嗎？」

「不錯不錯，」麒麟心滿意足的灌紅葡萄酒，「再來份烤羊羔。」

「主子，」蕙娘知道徒勞無功，還是盡責的勸，「妳真的不能夠吃太多，妳的傷口……」

「什麼傷口？早好了啦。」麒麟忙著剝龍蝦，「傷口好得慢是因為營養不良。我正在補充營養讓傷口不再裂開。」

妳見鬼。明峰和蕙娘在心裡默默的異口同聲。

西洋龍王已經把烤羊羔抬出來了，麒麟幸福的嘆息，繼續埋首苦幹。瞥見他一臉畏懼，麒麟懶懶的說，「我說賽特斯，我已經不在紅十字會當差了，你不用這麼怕我好嗎？」

喚為賽特斯的西洋龍王愣了一下，隨之苦笑，「如果我又吃了女人……」

「我還是會揍你。」麒麟回答的理所當然，「這次我很難掌握力道了。」

賽特斯低下頭，耳朵都垂了下來。連明峰都覺得他可憐極了。

「……最少妳可以勸莉莉絲不要每年都來我家院子挖得到處都是洞。」賽特斯帶著哭聲，「我可都改過了！現在我不會把女人拖下海吃掉，然後把屍骨埋在後院了啦！她每次都來亂挖我的院子……我苦心種植的玫瑰啊～」

「看在這頓飯的份上，」麒麟敷衍著，「我會叫她挖院子的時候別挖到玫瑰。」

「滿園子都是玫瑰，怎麼樣可以別挖到？」

「叫她土遁往上挖麼。」

「……這算什麼好辦法？我的玫瑰、我心愛的玫瑰啊～」

試圖用飲食賄賂麒麟，本身就是個不切實際的想法。明峰默默的想。

等麒麟終於吃飽，賽特斯幾乎要累倒，她呼出一口氣，啜了口紅葡萄酒。「我也不是那麼難商量啦……我可以叫莉莉絲以後都不來打擾你。只是你別讓我發現……」

「我不敢！我不敢！我絕對不敢！」他露出滿臉期待。

「只要你幫我破解這張地圖。」麒麟笑笑的拿出一張紙，「據說這是愛琴海海域的某個地方。」

賽特斯滿懷希望的接過，臉瞬間垮了下來。他是西洋龍王一族，又主掌愛琴海，再怎麼簡略的地圖都可以破譯，只要有絲毫特徵就成。

但這張地圖……真的太考驗他了。

「……這是地圖？」他完全不敢相信，「麒麟親愛的，別玩我，這完全是幼稚園塗鴉。」

「你這麼認為？」麒麟抬抬眼，「好吧，我就這樣告訴上邪好了……說賽特斯批評他的地圖像幼稚園塗鴉。」

賽特斯張著嘴，像是吃了一公斤的黃連，「……妳乾脆告訴我，妳要去哪裡。」

「我要去獨角獸的聖地『春之泉』。」

「……妳還是讓莉莉絲來蹂躪我的玫瑰吧。」

麒麟沒答腔，只是冷眼望過來，賽特斯打了個寒顫，低頭迴避她的眼神，「麒麟親愛的，妳這不是為難我？那些長角的傢伙根本就不甩我……他們連這兒的天神都沒放在眼底……我？我不過是小小一方龍王，我敢去探聽他們的聚居地？妳饒了我吧，我不想被戳上幾百個透明窟窿啊～」

她還是沉默，只是把不知道從哪兒抽出來的鐵棒往桌子上重重一擺，杯碗瓢盆都一起跳了半尺。

「……我反對暴力。」賽特斯淚眼汪汪，「使用暴力不是淑女的行為。」

「賽特斯，賽特斯……」麒麟搖搖頭，「你又沒吃人，我是那種毆打無辜的人麼？那些獨角獸想戳你透明窟窿，還得先問過我的棒子。」她的笑容和藹可親又迷人，但看在賽特斯的眼底就有種恐怖的感覺，「賽特斯親愛的，我想你信得過我，會帶我去春之泉吧？」

「……說我不知道在哪，妳會不會相信我？」賽特斯幾乎啜泣起來。

「當然……不相信。」麒麟溫柔的望著他。

賽特斯哀怨了一會兒，「……就算我告訴妳在哪，妳也進不去。哎唷，麒麟親愛的，妳表情不要這麼可怕……他們這群蹄子，防衛心超重的。若不是有他們的族人帶著，別想越雷池一步。」

他掙扎了一會兒。兩邊都難惹，他也都惹不起，怎麼辦好？他想起一個人，湧起了一絲希望。趕緊把麒麟打發出去要緊，成與不成，就不關他的事情了。

「妳去趟米蘭吧，麒麟。」他趕緊把燙手的「地圖」塞回到麒麟手底，翻箱倒櫃找出一張名片。「妳若能說服那個人，他說不定會帶妳去。他喜歡心地純淨、乾淨漂亮的處女。妳完全符合他的要求……」

麒麟狐疑的看看手上的名片，「……服裝設計師？」

「請妳叫他大師。」賽特斯糾正麒麟，「他在米蘭那種地方也是頗有名氣的。」

麒麟發起牢騷，「獨角獸跑去當什麼服裝設計師……他們是不穿衣服的。」

「時代在進步，親愛的。」賽特斯好脾氣的哄她，「以前我也沒生過火，更不要提煮海鮮了。」

「說得也是。」

＊　＊　＊

米蘭，名牌服飾群的故鄉。

這個義大利最引以為傲的服裝首都，像是顆璀璨的鑽石在境內閃閃發光。蒙特拿破侖大道更是各國佳麗名媛必來朝聖的聖地，珠光寶氣，華服麗行。

但麒麟一抵達米蘭，連想都沒想過要去看衣服，目不斜視的往那位獨角獸服裝設計師的辦公室投刺拜帖，當然也毫無意外的吃了軟釘子和閉門羹。

「我就知道賽特斯靠不住，別說打通關節，恐怕連提都沒提一句……」麒麟一點被挫敗的樣子都沒有，意定神閒，「幸好我安排了B計畫。」

明蜂湧起不祥的預感，「……我能不能知道B計畫是什麼？」

妳該不會還在想吧？

「這個嘛……」麒麟刻意迴避這個話題，「以後你就知道了。走吧，搭了這麼久的飛機，我餓了……」

「餓？妳還餓?!」明峰大起聲音，「飛機上妳吃了三份飛機餐……」

「難吃。」麒麟沉下臉，「連酒都是便宜貨。便宜不是錯，但難喝就是他的錯。航空公司的採買人員是拿多少回扣啊？拿回扣沒關係，最少也不要弄出豬食吧？」

……妳還吃那麼多？

「而且吃飯的時候，我心情比較好。」她教訓著明峰，「你還有多少沒說的事情，等等一併告訴我，省得又有事情發展到不可收拾的地步，我一怒之下，棒子打重了……現在冥界又關閉，要找你的魂魄回來不容易。」

明峰一臉囧樣，只好默默的隨她去吃飯。

只見麒麟熟門熟路的找了家餐館，吧台後面煙視媚行的老闆娘登時雞飛狗跳，鑽到櫃台底下。

敲了敲吧台，麒麟坐了下來，「麗莎，吃飯我會付錢的。妳何必看到我就鑽到下面去？都三、五十年的往事了……」

「禁禁禁禁……」結巴了半天，老闆娘也說不出個完整句子，索性一哭了事，「我什麼也沒做啊……」

麒麟聽她放聲大哭，有些頭疼的按住太陽穴。有時候她性子急了點，力道難以克制。少女時代她的脾氣又比較差，住在約克郡的時候，就近「處理」了不少歐陸的妖魔鬼怪，連維納斯都挨過她的耳光。

瞧瞧，現在大夥兒都當她是瘟神了。

「麗莎，」她將語氣擺在「極度溫和」的刻度，「我真的只是來吃個飯，給我安排個僻靜的角落？」

滿臉淚痕和灰塵的老闆娘麗莎顫巍巍的從吧台下爬出來，狐疑的盯著麒麟片刻，

「禁禁禁禁……」她又開始結巴。不行，心理的創傷太深，她實在沒勇氣喊出麒麟的稱號和名字，「這、這兒請……這些年我真的安分守己，什麼事情也沒做呀～」

她的眼淚在髒兮兮的臉孔上面沖出兩道白痕，看起來又好笑又可憐。

老闆娘將他們請到一間包廂，然後飛快的逃跑，將他們交給領班去處理。

「……妳到底做了什麼？」明峰頹下雙肩。

「就、就沒什麼……」麒麟含糊的應著，死盯著菜單。「她是一隻『梅杜莎』。」正式的稱呼，這族喚為「蛇髮女妖」，很特別的幾乎沒有男性。但因為梅杜莎的名頭太大，許多人直接用梅杜莎稱呼他們。

他在紅十字會的大圖書館看過關於梅杜莎的報告，但這族和各妖相彷彿，多半都化身人形，以移民的姿態力求與人類和平相處。

「然後？」

麒麟將眼神飄忽開來，「呃……他們這族的女人忌妒心比較強。當時麗莎嫁的老公有外遇，麗莎宰了那王八蛋，又把外遇對象變成石像，扔在地下室……剛好是我來處理這件事情的。解除石像這種事情，只有梅杜莎辦得到……她又不肯說。」

「那犯得著把她滿頭蛇髮拔個精光麼？」蕙娘很不以為然，「主子，妳也忒暴躁了。」

明峰的臉孔抽搐了起來。

「……年輕的時候，誰的脾氣會好呢？」麒麟咕噥著，「這幾年我可是改很多了……」

妳見鬼！明峰和蕙娘在心裡默默的抗議。不過他們很聰明的沒說出口。

「好了，現在你可以說了，趁我現在心情好。」麒麟又起一叉子的沙拉，「可別漏了什麼要緊事。漏了的話……雖說我現在脾氣改得多了，我若生氣起來，我就會想報仇……」

「行了，我也看過台灣霹靂火。」但明峰卻真的發寒了一下，按住了自己的頭髮。

「我、我在台東和花蓮交界的附近，遭逢了崇家的人。」

「有吃虧嗎？」

「沒。不算吃什麼虧吧……」他遲疑了一下，從行李裡找出一包玉笛碎片，當中有半截完整，但另外半截已經粉碎了。

他撿起半截玉笛，「……這成了我的兵器，讓我和明琦可以全身而退。」

麒麟危險的瞇細眼睛，「通通說給我聽。」

聽明峰說明了來龍去脈，麒麟拈起那截斷笛看了又看。

她將笛子放回去。「唔，很特別，真的很特別……啊，主餐來了！等吃過飯我再跟你說……」她埋首於食物中，非常非常認真的，這頓飯吃了快兩個鐘頭，等麒麟呻吟著趴在桌子上時，蕙娘熟練的掏出胃腸藥，去廚房找熱水泡茶了。

「……妳到底能不能修啊？」忍了兩個鐘頭，明峰真的忍不住了，「我覺得這不是普通的笛子。她給我的感覺和列姑射之壺很像很像。雖然我盡量把碎片都找齊了，不知道有沒有缺……」

他難過的低下頭。這樣美好、充滿靈性的樂器就在他手上毀了，讓他懊喪好一陣子。若連麒麟都修不好……該怎麼辦呢？

「修我是不能修啦。」麒麟往後一靠，抱著胳臂，頗感興趣的。「你說，斷笛處湧出模糊輝煌的霧氣，像是光劍一樣？」

明峰點了點頭。

「那修她幹嘛？修好了搞不好不能當兵器喔。」麒麟很熱切的對他眨眼，「就這樣好了，瞧瞧要去哪找這麼棒的上古佳兵？跟七大武器之首的折凳有異曲同工之妙啊～連警察都告不了你！」

明峰望著她發了一會兒的呆，「……妳在說什麼啊？這樣漂亮的笛子被我弄壞了，我不去想辦法修復，還逼她賣命？喂，妳有沒有良心啊？這是拿來吹奏好聽的音樂，不是讓我拿去胡打海摔的啊！……」

他暴跳了一會兒，麒麟支著頤，噗嗤一聲。

「行了，吼那麼大聲做啥？我又沒聾。我不能修，但你可以。」

「……我？」明峰指著自己鼻尖。

麒麟點了點頭。「也只有你這爛好人能了。這把笛子若我沒猜錯，和列姑射之壺的確出於同源，是當初列姑射島島主的手澤。我也是偶爾聽過她的傳說……這把笛子應該就是『喚微』。

『微』，有微小的意思，但也有『精微』、『幽微』的涵意。當初島主用這把笛子和三界之內的眾生溝通……我倒沒想到這笛子居然躲過歲月和戰火。你若想修復，只要拿起殘笛『呼喚』就可以了。」

明峰半信半疑的拿起殘笛，不知道該怎麼『呼喚』。在她破碎之前，還是自由自在的時候，不知道會發出什麼聲音啊……

他將殘笛湊在嘴邊，吹出了一個音。

單純、清亮，甜美的聲音，誘使他吹奏下去。在他陶醉在音樂中時，桌子上的碎片像是受到召喚，紛紛重組到殘笛之中，在他吹奏完無名的樂曲後，碎片都重新融進短笛中，連遠在列姑射島的細微殘片都回歸而來。

明峰瞪著手底完整無缺的短笛，一個完美的奇蹟。

「喚微的眼光很特別啊，」麒麟打了個呵欠，「居然會看上你這書呆。」

「誰是書呆啊?!」明峰怒吼。

「就說你這書呆的桃花都開在特別的地方了。」麒麟湧上個酒嗝。

「……我不想聽。」

六、流光

麒麟無所事事的在米蘭待了一個禮拜。她除了跑去梅杜莎的餐館白吃白喝（她要付帳，滿臉眼淚鼻涕的梅杜莎跪著求她吃飽快走，帳完全不要她算），就是在米蘭到處觀光。

大家都知道，米蘭是時尚之都，事實上，米蘭是個古城，眾多古蹟林立，不是只有蒙特拿破侖大道。達文西最著名的作品之一——「最後的晚餐」，就在聖瑪麗亞感恩教堂。

米蘭曾是文藝復興的重鎮之一，達文西曾在這兒工作過。他諸多筆記和素描收藏在米蘭的Ambrosiana圖書館。這間大圖書館收藏書籍甚鉅，明峰得倚靠非常大的自制力才有辦法離開這兒，但總是要麒麟三催四請，最後抽出鐵棒才能將他「請」出大門。

「說你是書呆，真是一點都不虧！」麒麟薄怒著。

「……現在覺得當個圖書館員其實還滿不賴的。」明峰有些沮喪。

「現在有這種覺悟也太遲了。」麒麟冷冰冰的說。

晚上他們又去聽歌劇，過一種精神上過分奢華的生活。明峰當然很開心，尤其是當晚的歌劇是由Diana Damrau主演夜女王的《魔笛》。

當她演唱「噢，這不困難，我親愛的孩子！」這段時，明峰想到林殃也曾用妖力唱過。但他卻讓Diana Damrau感動得幾乎落淚。

這是人間的聲音，人間最極致的華彩女高音。是沒有妖力沒有魔法，完完全全，屬於人類的完美。這也是林殃最想達到的境界。

當他聽著這樣激烈高昂，卻又清亮甜美得幾近殘酷的美妙歌聲時，他覺得這世界真的有許多美好需要捍衛、保護。他一直在想水曜接近空靈的預言……

以及「末日」。

我不會讓末日降臨。他默默的想著。是誰規定末日一定要在這個時刻降臨呢？難道連反抗的機會都沒有？他瞥見身旁沉醉的麒麟和蕙娘。為了保護她們這樣幸福的時刻，就算是逆天，他也會去做的。

你看她們的神情是多麼美麗。

「……天天吃飯喝酒聽歌劇。」明峰看著擺在眼前熱騰騰的烤小羊排，他的臉孔垮了下來，「我們這樣會不會太墮落？」

「墮落也有其快感存在。」麒麟漫應著，「人就是該為華美的事物墮落。」

……妳是這樣教學生的？妳是哪國的師傅啊?!

「……化育池呢?!獨角獸呢?!妳不是快要死了，還有心情喝酒吃飯逛古蹟!!」明峰真的快要受不了了，「妳的B計畫呢？」

麒麟放下刀叉，眼神飄到旁邊，「……還在想。」

我就知道！

蕙娘趕緊架住明峰。雖然說梅杜莎不會要他們賠，但這些餐具是很貴的。人家讓他們白吃白喝就夠倒楣了，還砸人家的店，實在太不厚道。

「行了，麒麟身體不好，想不到那兒是有的……」她勸著明峰。

「她壯得跟頭牛一樣！她的食量有三頭牛那麼多……不對，牛是吃素的，說她食量像牛還侮辱了牛呢！」

「聲音小些吧，我的爺……」蕙娘費盡力氣才架住要撲上去的明峰，「這是別人的餐館，不是咱們家隨便你砸……主子，別逗他了行不？妳總有什麼打算吧？」

麒麟一臉沒趣，「看他這麼跳正有意思，蕙娘妳老愛攔我……」

「主子！」「麒麟！」憤怒的式神和憤怒的弟子一起吼起來。

掏了掏耳朵，麒麟掏出她萬惡的火符，又把紅十字會的電話炸得飛跳。「喂，別裝死。」麒麟抱著胳臂，「部長，接電話。還是你希望全體主機一起當機？」

「我接，我接！」遠在紅十字會總部的部長痛哭流涕的接起電話，「親愛的麒麟，妳不能打正常的電話過來嗎？」

「國際電話很貴。」

部長啞口無言片刻，「……有什麼事情？」

「是這樣的，」麒麟笑嘻嘻，「聽說下個禮拜，有個叫『肯特』的服裝設計師會參加一場米蘭富豪舉辦的宴會。」

「肯特？」部長偏頭想了想，「這名字好熟……那隻尤尼肯?!」

「你知道的嘛。」麒麟語氣非常輕快，「好，我要宴會的請帖。這點小事，難不倒神通廣大的紅十字會吧？」

「……麒麟，我們惹不起那群蹄子。」部長的額頭開始冒汗。

「我退休了，不是紅十字會的人員喔。」她神情愉快的宣布，「所以你只要幫我弄到請帖就好，帶累不到你們。你會的，對吧？」

「對喔，妳退休了……」部長拉長聲音，「還失蹤了一年多。那為什麼我要……」

「因為我成群結黨，一批學生都在為紅十字會賣命。」

部長握著電話，突然很想哭。他是造了什麼孽，必須和麒麟共事呢？「……知道了。」他有氣無力的掛上電話。

麒麟得意洋洋的轉頭看著明峰和蕙娘，「你們瞧，我說我會有辦法的。」

……妳是有辦法，但卻是惡霸的辦法。妳到底是禁咒師還是地痞流氓啊？明峰和蕙娘雙雙頹下肩膀，臉孔一陣陣羞愧的麻辣。

不過靠了麒麟的惡霸辦法，他們的確華裝麗服的混到豪宴裡頭去，也終於見到了那個叫做「肯特」的獨角獸服裝設計師。

他靜靜的站在角落，金黃色的及腰長髮束成一束，襯著黑色的西裝，讓他的白皙絕色像是雪照般。

濃密的黑眉在他晶瑩剔透的臉孔畫下異常惹眼的線條，粼粼如冰湖的瞳孔是那樣冷漠孤絕，讓他和談笑的華服賓客顯得涇渭分明。

他就像傳說中的獨角獸，靜默的、以人形，在繁華中將自己隔絕開來。

「唔，真的是親戚。」麒麟咕噥著，「只是需要這麼屌嗎？」

「女孩子家說什麼屌不屌的？」明峰的臉孔紅起來，「把妳胸口拉上去點。」

麒麟嘆口氣，看看其他穿到幾乎露點的名媛，又低頭看看自己規矩的低胸洋裝。

「我算很保守的欸。」

明峰不跟她爭，一把奪下蕙娘手裡的長紗巾，往麒麟的脖子上打結。

「……你想弒師也找個僻靜的角落！」麒麟掙扎的爭取空氣，「得了得了，我自己來好嗎？我自己來！」

年紀這麼輕，跟個小老頭兒似的保守。我收這囉唆頑固的弟子做什麼？

她將紗巾結成一朵美麗的花，筆直的往肯特的方向走。

「……妳要去哪？」明峰目瞪口呆。

「單刀直入最快。」麒麟頭也不回，「誰耐煩跟你們在後面囉囉唆唆……」

她走到肯特的面前。她個子已經算是高了，但還得抬頭看肯特。

「嗨，」她很大方的打招呼，「我是東方麒麟族的麒麟，你應該就是獨角獸一族的肯特吧？」

肯特瞪著她，居然不知道該怎麼辦才好。

這麼多年來，他第一次見到這樣光潔純淨的處女，還是遠親麒麟族的處女。但她卻這樣直接走到她面前，說破肯特的祕密。

他們這族向來厭惡繁華，行事低調，更是嚴守身世。若之前有人這麼白目，他早就隱身逃離，改換姓氏。只要獨角獸想要，任是誰也找不到。

肯特算是獨角一族的異數了。比起冷漠疏離的同族，他更愛繁華熱鬧，也是唯一會到處交朋友的獨角獸。許多人或移民知道他的身分，但為了保持和他的友誼，卻不會去說破他。

這陌生的遠親卻打破他的規則。

但他的目光離不開這位純淨的美好處女。這是他們這族的弱點，而他的弱點特別嚴重。

「……我可以不承認嗎？美麗的小姐？」他執起麒麟的手，有禮的一吻。

「別否認就可以了。」麒麟笑笑，「這是我的弟子宋明峰，我的式神蕙娘。」

另一個美好的處女。肯特湧起一股暈陶陶的美妙感。還是個非常中國的美女呢……種族就不要去計較她了。他執起蕙娘的手，蕙娘卻飛快的抽走，還在背後擦了擦。

東方羞澀的美女，和遠親大方的美女。他覺得他簡直要幸福的飛起來了。

至於明峰，在他眼底自動虛線化，忽視得非常徹底。

「美好的小姐們，有什麼事情我可以效勞的嗎？」他的冰霜立刻融解，當他微笑的時候，像是春天具體的在他身上展現風華。

「有啊。」麒麟打蛇隨棍上，「請帶我們去春之泉。」

他的微笑凝固在臉孔上，馬上轉黑。「……妳們怎麼知道……」

「我猜，你也認識上邪吧？」麒麟笑得純真無邪。

「……那個混帳東西！」肯特的風度跑得一絲也不見，開始罵起各國髒話。很不巧的是，麒麟和明峰大半都聽得懂。

原來帥哥也是會罵髒話的。

等他罵到開始詞窮重複，才停下來灌了口酒，也讓麒麟等深刻了解他對上邪的嚴重不滿。

「……上邪大人到底做了什麼？」蕙娘忍不住問了。雖然她是足不出戶的千金殭屍小姐，但是對於上邪這個聖魔有一種類似偶像的崇拜。聽這隻娘娘腔的獨角獸罵娘罵半天，其實她不太高興。

「他做了什麼？」肯特跳起來，「你們還好意思問他做了什麼？他明知道我酒量不佳，還把我灌醉，在我迷迷糊糊的時候，要我應允帶他去春之泉！一來我心急著要去赴約，二來我爛醉到沒有理智了，居然答應他帶他去見識。這傢伙去了也不安分，居然試圖飲用我們寶貴的春泉！若不是我護著，他死一百次也不夠……這傢伙害我被長老責罰，差點兒就遭了放逐！他媽的……若不是他變成女性是那樣美好的處女，我天涯海角也非追去宰了他不可……」

麒麟點了點頭。所謂「不打自招」，大概就是這個樣子。她對俊男美女的智商，有了腦損傷的評價。

我？我是特例。像我這樣聰明智慧、伶俐機巧的絕世美女，因為太稀有了，才會引得許多男人傷心。我也是千百個不願意。

她溫柔的笑著，將肯特讓到一旁的沙發，示意蕙娘去拿酒，「說起來，上邪君也太不應該了。只是上邪君變化成女性，總不可能還是處女……再說肯特大人看不穿他的性別麼？」

肯特看著她溫柔如水的面容，眩目了一下，蕙娘遞到她手裡的酒，一仰首就乾了。你知道的，面對這樣過分的美麗，很容易讓人口渴。

「我們獨角獸，對處女的定義和人類不太相同。人類總認為女子未經人事就是處女了，這簡直是大錯特錯。真正的處女跟經不經人事根本沒瓜葛，最重要的是，能夠一直保持光潔純真的心，一種少女般嬌嫩的氣質。對於這樣的女子……我們是沒辦法抗拒的。人類又不懂我們的標準，看我們只接近處女，就說我們有處女癖，根本不是那回事。只是他們符合我們標準的女子，多半是未經人事的少女罷了……

而妳，可以迷惑最冷硬心腸的獨角獸，麒麟小姐。」

他含情脈脈的望過來，麒麟笑笑，又遞給他一杯酒。「就算上邪君變化成女子也可以？」

「他條件符合啊。」肯特苦著臉，「我沒辦法用人類的語言跟妳說明，但他的確是我們眼中的『處子』。他沒當場暴斃，就是因為他的模樣讓我族不忍下手。妳說說，他這樣對嗎？我這樣滿腔熱情的對待他，他卻一走了之……還把我害得這麼慘！多少年了，我族的女性連正眼都不瞧我一眼，因為我將外人引去褻瀆了神聖的春之泉……」

「哎呀，好可憐喔……」麒麟哄著他，又幫他添滿酒杯，「來來，我和蕙娘陪你喝酒消愁……上邪這樣太不對了。」

瞪著麒麟，明峰整個悶掉。有眼睛的人都看得出來麒麟打什麼鬼主意，她現在不做著和上邪相同的事情嗎？誰知道當初那個色瞇瞇的肯特是為啥帶化為女性的上邪去春之泉……

別告訴他去蓋棉被純聊天，他今年可不是八歲，還相信這種鬼話。

沒一會兒，不知道是肯特的酒量太差，還是色不迷人人自醉，肯特開始動手動腳，俊逸的臉孔含著春意，和麒麟攬著肩，開始訴起衷腸來了。

「……麒麟，我覺得他活該。」趁肯特去洗手間的時候，明峰沒好氣的說，「但妳欺騙一隻有點智障的小動物，我總覺得有些可憐。」

「安啦，不算欺騙不是？我們是遠親啊，他們的春之泉，我也是有分的。」麒麟漫應著。

「這樣會不會太惡霸？他已經被上邪擺了一道了……」

「多我這道，說不定他會學聰明點。」麒麟笑嘻嘻的喝著香檳。「放心，交給我就對了。」

交給妳，那隻獨角獸就毀了。

明峰的耿直讓他看不下去，但是關係到麒麟的性命……她那句「活不久」讓他常常半夜嚇醒。

他決定走到陽台去吹風，硬著心腸裝作沒看到。

這實在很違背他的原則啊……明峰深深的嘆了口氣。

所謂歷史，就是人類受過的教訓記錄。但歷史總是重複上演，因為人類老是記不住教訓。這也適用於眾生，尤其是這樣風姿絕麗的獨角獸。

肯特喝醉的模樣非常的美，臉孔沁出淡淡的桃紅，眸光流轉，豔麗不可方物。明峰一整個納悶，像這樣清麗絕倫的生物，為什麼會去迷戀其他漂亮的人（不管什麼種族）。

他真的要看美人兒，不會拿個鏡子照一照就好？還老是被美色迷得頭昏眼花，一次次的被耍。看起來他的眼光很差勁，老是愛上一些居心叵測的傢伙。

這不知道算是一種才能還是災難。

總之，他讓麒麟灌得爛醉，而且在她花言巧語下，答應要帶他們去春之泉。

「但是親愛的，妳不會跟上邪一樣試圖飲用我們寶貴的泉水吧？」肯特還殘留著最後一絲理智。

「我發誓，」麒麟慎重的舉起手，「我絕對不會去喝泉水的。」

……這不是廢話？她當然不會喝……她是要整個泡在裡面。明峰更悶了，摸了摸口袋裡的短笛。天知道他的能力時靈時不靈，泡在春之泉的麒麟據說等於重新出生，連自保的能力都沒有，蕙娘又柔弱（？），他要保護她們兩個，不知道能不能夠……

懷著忐忑的心，他們隨著肯特，進入了他的家。他的臥室有面非常大的鏡子，會讓人想起哈利波特裡頭的那一面意若思鏡。

「好了，親愛的。」他親熱的抱著麒麟的肩膀，「只要我們跨入鏡子……就可以抵達春之泉了……」

「但我不能擱下蕙娘和明峰。」麒麟說。

「蕙娘小姐當然……妳握著她的手就行了。」但他完全忽視了明峰的存在。

於是，在獨角獸的引領之下，他們走入鏡子，來到了祕境「春之泉」。

握著麒麟的手，明峰閉著眼睛，手心都是汗。等他感到自己觸到柔軟的草地時，他幾乎昏了過去。

那是一種強烈的、充滿純氧感的森林氣息。對於呼吸慣了污濁的人類來說，這樣的純淨實在太刺激了。過了十來秒，他才適應過來，暈眩的感覺這才慢慢消退。

張開眼睛，觸目都是深深淺淺的碧綠。他像是來到了傳說中的精靈之鄉，一切都是活生生的，每片樹葉、每滴露珠，都擁有著充沛的生命力。

他不敢太用力呼吸，因為空氣乾淨到讓人疼痛。因為……這片天恩豐沛的森林裡，有種美到不可思議的生物在漫步。

美得幾乎有朦朧感，的確，有些形似人間的馬。但也只是若干形似。這完美的生物讓他呆在當地，動也不敢動，生怕會驚嚇到這樣美麗、矯健、如夢似幻的靈獸。

他們為什麼要愛戀人類粗陋的處女？他們這樣纖細完美，再美的女子在他們面前都顯得粗糙。他們居然會為了所謂的「處子」如痴似狂。

「……太美了。」明峰只能擠出這三個字。他深深為了辭彙不足而苦惱起來。

這個時候，爛醉的肯特才瞧了他一眼，充滿自豪，「我族是三界之內最完美的生物。」

明峰不得不同意他。「……你不該變化成人類。」這太糟蹋了。

肯特睜著醉眼，呆呆的看著林間漫步的同伴。「……你不懂。太完美的美麗，才是有殘缺的。真正的美麗，是殘破中得到的完整。我族的美已經到了頂點，無可追求……這令人難以忍受。」

……我才難以忍受你這種莫名其妙的觀點。明峰默默的想。

但麒麟居然跟著出了一會兒的神，笑了出來。「肯特，你說得沒錯。你果然是個美的鑑賞者。」

肯特漾出一個甜蜜的笑，但讓明峰起了一身雞皮疙瘩。「所以我迷戀妳，親愛的。」

麒麟溫柔的看著他，「但是肯特，我不安好心眼，故意騙你帶我來春之泉的。」

「我知道。」肯特將麒麟抱個滿懷，「若不能變成靈獸，妳會死吧？我不願意見妳消失。」

麒麟先是睜大眼睛，又緩緩的閉上。她也抱住肯特。「我欠你一筆。」

「我已經得到報償。」肯特輕輕的吻了吻她的額，「只要妳活著。我族不會殺害自己族人。頂多長老罵我一頓，把我放逐個幾百年而已。妳知道嗎？當初我好奇東方遠親的處女長什麼樣子，上邪變身給我看……和妳有幾分相像。」

「……大概是我曾曾曾曾……曾祖母子麟吧。」麒麟溫和的笑，「她和我是有點像的。」

「說不定那時候，我就愛上妳了……」

他們雙手交握，盡在不言中。

但發悶的明峰忍不住，「……我說，我們站在這兒看你們談情說愛合適嗎？你們族人的角為什麼變得好長？……他們衝過來了！」

蕙娘敏捷的舞空起來，抓著明峰的後領。不然他可能被四隻獨角獸的長角戳出四個透明窟窿。

「糟了，我們被發現了！」肯特這時候似乎酒醒了一點點。

……你們站在那兒演文藝片的時候，一點掩蔽都沒有，難道獨角獸都盲聾啞三重苦，通通視而不見、聽而不聞、聞而不群起而攻？

「你的大腦是怎麼長的啊～」明峰哀叫了起來。

獨角獸似乎有自己無言的溝通方式，只是一瞬間，數十隻獨角獸圍攏過來，氣勢洶洶的頂著極長的角。

像是長槍一般，閃爍著鋒利的光芒，肯特的臉孔變得雪白，他將麒麟的手拉到自己脖子上，大喊大叫，「不！不要過來！這些人說，你們若過來的話，就要殺死我了！你們要眼睜睜看著族人遇害嗎？」

麒麟先是一怔，拚命忍住笑，作勢掐住肯特的脖子。「……叫你們長老或族長出來，我有話說。」

圍成大圈的獨角獸竟然停滯了下來，但也沒有散開。他們美麗的眼睛宛如紅寶石般璀璨，但也散發出一種霜寒的殺氣。

沒一會兒，一位身穿白袍的長者排眾而來。外貌上自然是飄逸俊美的，但他有種無形的威嚴，沉重的簡直與神威比肩。蕙娘悄悄的落地，身體一軟，饒是明峰動作快，不然可能跌到地上。

能將蕙娘衝擊到這種地步，麒麟凝重起來。靈獸皆有的驅邪，隨著修行越高，能力越強。尋常靈獸蕙娘並不看在眼底，她是八百年道行的大殭尸，但她畏懼子麟，也畏懼這位獨角獸長者。

不過，他為什麼不變化回真身？在春之泉，他們已經無須掩飾身分，可以自由自在的回復獨角獸的模樣，倘佯在他們的聖地。

微風吹起長者的長髮，赫然發現他的臉頰上有刺青，那是一行花體文字，就刺在他的右眼瞼下。

麒麟一陣陣頭皮發麻，心裡暗暗喊糟。

靈獸有個不成文的傳統，若自覺有罪、遭受懲罰流放，會紋面代表悔過，並維持人形，受罰不可恢復真身。

既然獨角獸會請這位靈威濃重的長者出來，可見不是罪人。但他依舊紋面人身，應該是自我懲罰，會弄到長老或族長自我懲罰，獨角獸族裡應該出了大事。

「人類，」那長者開口了，語氣冰冷，即使聲音低沉悅耳，還是讓人不寒而慄，「已經殺了我的女兒還不夠，還欺騙我族逆子麼？」

「……我不完全是人類。我是……」麒麟趕緊撇清，但長者憤怒的打斷她的話。

「住口，混血的雜種！哪個人類不是混血?!你們這些可鄙、低下、無恥到極點的下流野獸！」長者情緒非常激昂，靈威更盛，震得蕙娘眼底滾淚，全身顫抖，明峰趕緊擋在她前面，握緊她的手，才讓她的臉恢復若干血色。

「殺人的不過是一個，這樣擴大演繹不覺得太狹隘？」麒麟也氣了，「作為一族族長的胸襟卻只有綠豆大？看起來獨角獸真的沒前途了。」

肯特張大嘴，瞪著膽識極佳但不識時務的麒麟。他費盡苦心演了這場好戲，結果麒麟跟他唱反調！

「人類！這就是無禮的代價！」長者怒吼，憑空打了個震耳欲聾的雷，電流灼熱的奔騰向麒麟。

麒麟賞了肯特一個喉輪落，托著他的下巴，狠狠地將他摔進獨角獸群中，雙眼晶光燦爛，她昂首發出一聲激越的龍吟，那震撼人心的聲音居然驅散了雷火。

「你對抗的不是麒麟，而是麒麟族的一切！」麒麟指了長者的鼻子，「我，甄麒麟，並不僅僅是人類而已。我是東方麒麟族的子嗣，生來就有麒麟角！」

「麒麟族又怎樣？」長者冷笑，「衝著東方神族搖尾巴當寵物，自甘墮落的靈獸！妳若以為我會念在古老的親族關係，那可就是大錯特錯了！不過……」他轉眼看著倒在地上口吐白沫的肯特，「看在妳一念之慈，居然免我族子雷霆之災，我就聽聽妳說什麼吧！」

這老頭……好令人討厭。麒麟極度不耐煩，但看看虛弱的蕙娘和張惶的明峰，硬把氣忍下來。

「……請讓我進春之泉。」說是說得很客氣，還特地加了個「請」，但語氣之驕傲囂張，連明峰都黑了臉。

「不能。」長者回答的很乾脆，「將肯特帶走，關他個一百年，看能不能改掉愚蠢的毛病。這些東西……」他揮了揮手，像是在趕蒼蠅，「讓他們受盡折磨而死！這就是褻瀆聖地的代價！」

他飄然而去，麒麟已經氣得七竅生煙。但獨角獸的包圍圈越來越小，角尖鋒利的光芒不祥的閃爍。

「……現在怎麼辦？妳說啊！」明峰緊張到有些抓狂了。

「那只好執行C計畫了。」麒麟冷靜的看著越來越小的包圍圈。

「……妳該不會說妳還在想吧？」明峰很想乾脆掐死她。

「錯了，」麒麟氣定神閒，「我連想都還沒開始想。」

「…………」

現在站到獨角獸那邊還來得及嗎？他比較想宰了麒麟。

獨角獸在他們五尺之前圍成緊密的大圈，然後停滯不前。明峰的心情越來越沉重，覺得像是被貓戲耍的老鼠，困在鋒利角芒的牢籠裡，還被這些獨角獸的殺手這樣戲弄。

他不知道的是，獨角獸並不是殘酷好殺的種族。他們普遍喜愛音樂、藝術，對美有著無比的崇敬。或許是極度孤傲，甚至可以說是孤僻的種族，臨敵時的勇氣卻連神族都會膽寒。根據不可靠的傳言，遠古時西方神族試圖收服獨角獸，當中一隻叫做「尤尼肯」的獨角獸帶頭抵抗，最後他的長角串殺了七個天神，自己也跟著同歸於盡。

但他的靈能和激烈的勇氣震驚了整個天界，眾神放棄收服獨角獸的打算，並且一直給予同於神族的尊重。

他們擁有烈火般的勇氣，但他們並不好殺，尤其不想殺眼前這三個美好的「處子」。

這塵世，人類總是太早就被污染。要看到這樣心靈純淨美好的處子，真的非常稀有。

但授命於族長，他們也不得不執行。但要怎麼徹底執行，又是個重大難題了。

族長要他們讓這些美好的褻瀆者「受盡折磨而死」，要怎麼辦到呢？殺他們很容易，助跑，衝鋒，這些褻瀆者可能連反抗都不及，就死了。但這不算是「受盡折磨而死」吧？

他們是愛好音樂和藝術的獨角獸，不是殘酷的邪魔。這讓他們很為難。

「先抓起來好了？」他們當中一個低語，「不然怎麼執行『受盡折磨』？」

「也對……」

一隻獨角獸騰空而起，往看起來最虛弱的蕙娘衝鋒，明峰大驚，拔出口袋裡的短笛，輝煌的霧氣乍湧，像是一道模糊的光劍，隔擋開了獨角獸的攻勢。

明峰和獨角獸都是一怔。

「決定就是你了，明峰！」麒麟跳了起來，很有氣勢的指過來，「妙蛙種子，藤鞭！」

「我不是他媽的妙蛙種子！」明峰大叫，「什麼是藤鞭啊?!」

但他手底的短笛像是感應到指令，從筆挺的劍身柔化成鞭狀的光，隔擋開了獨角獸凌厲的攻勢，鞭尾還在眼角掃了一下，逼他後退。

「我就說還有C計畫嘛。」麒麟叉腰大笑，「上吧，飛葉快刀！」

「飛葉快刀又是什麼啊～～」明峰慘叫著，但原本柔化成鞭的光化成片片飛鏢，從來沒見過這種武器的獨角獸躲得左支右絀，還是挨了幾下，立刻瘀青了。

「皮卡丘，電光一閃！」麒麟舉手。

「誰是皮卡丘？」明峰已經不是生氣可以形容，但他不由自主的舉起短笛，強大的電流砸在獨角獸的身上，讓他暈厥過去。

……現在是什麼情況？不要說明峰矇了，連獨角獸群都一起傻掉。

這個男性的褻瀆者居然這樣輕易的打倒他們族裡的勇士！不能讓他們逃走！顧不得徹底執行，他們一起衝上前。

「莎奈朵，催眠術，瞬間移動！」麒麟舉起手。

莎奈朵？那是啥？明峰氣急敗壞。妙蛙種子、皮卡丘，他還跟麒麟一起看過動畫。莎奈朵？這三小？

「這集我沒看過！」他大吼，閉上眼睛，不敢看自己的末日……

睜開眼縫，他看到獨角獸居然集體打起瞌睡，還在發呆的時候，他們眼前風景快速的模糊，電光石火間，已經瞬移出包圍圈。

「我看過。」蕙娘淡淡的說，拉著明峰跟在麒麟背後逃生。

……

「麒麟！妳有點常識好不好?!我求求妳不要這樣脫離現實了～」

七、轉生

這不知道是明峰第一千零幾次懊悔不該當麒麟的學生。問題是，每次懊悔，每次上當，一點進步也沒有。

她的A計畫從來都不可靠，B計畫是標準的「現在開始想」。更糟糕的是，她的C計畫居然是……「還沒開始想」。

到底跟這樣的師傅有什麼前途，你告訴我？

跑到心臟快跳出來的時候，明峰只有無盡的懺悔與懊惱。人家獨角獸有四條腿，麒麟有慈獸血統，跑得也不慢，還有閒情逸致往後面丟符咒阻礙獨角獸的追捕；蕙娘是殭尸，不會累，還可以幫著放結界；唯一可憐的是他這個號稱「長生不老」但依舊是血肉之軀的軟弱人類。

他是造了什麼孽呀?!

「麒、麒麟！」他跑得上氣不接下氣，覺得自己會一命嗚呼，「妳往那邊跑、跑……呼……是要跑去哪？」

「去春之泉啊，還要問？」她氣定神閒，看起來再跑個一晝夜也是熱身運動而已，「嘖，獨角獸的幻陣搞不好比麒麟族還強……明明就聞得到泉水的味道，怎麼就走不到呢？」

明峰才覺得一整個莫名其妙，他們幹嘛老兜著圈子？明明右轉就可以通往泉邊，麒麟就是要往左邊跑，雖說地球是圓的，理論上都會抵達，但要刻意這樣繞地球一周來證明，未免不切實際。

「這裡啦！」他已經覺得肺要爆炸了，「妳眼睛出什麼毛病？連路都不會看？」

麒麟倒是訝異了一下。獨角獸的幻陣的確高明，就算她靈力最巔峰的時候搞不好都還看不穿，她這說強不強，說弱不弱，身體遠比腦袋聰明的笨蛋弟子，居然一傢伙就找到路了。

一拐彎，跟著連滾帶爬的明峰衝下山坡，果然，廣大的春之泉就在眼前。

發一聲喊，緊追不捨的獨角獸群起衝鋒，立刻破除了蕙娘一路留下來的結界，但結界破裂也延遲了他們幾秒鐘，這一點時間已經讓他們衝到泉畔了。等他們憤怒而至時，蕙娘再次布下的結界又阻住了他們的去路。

說是春之泉，事實上卻是個極為廣大的湖泊。在人間隱居的獨角獸，小心翼翼的保留了這個島嶼和泉水。

據獨角獸的傳說，當初天柱斷裂，列姑射島崩毀陸沉，失去故鄉的靈獸一族也有了歧見。怨恨神族的靈獸往西，願意和神族重整世界的靈獸留了下來。對同族的分裂與臣服忿恨，往西的靈獸紛紛折角立誓，絕對不再回到東方，再也不見罪魁禍首的東方諸神。

這就是獨角獸的起源。

懷著痛苦和悲傷的獨角獸來到西方的愛琴海一帶。眷念舊土的獨角獸帶來了列姑射島的泥土和靈泉水。他們用最強大的幻陣保護了最像家鄉的一個島嶼，在島的根柢埋下列姑射的土，將靈泉水倒入這島嶼的湖泊中，成了新的「春之泉」。

他們成了孤傲的一族，拒絕任何眾生染指玷污他們僅有的家鄉。

但他們強大的幻陣卻有一個極大的弱點。他們怨恨神族，和原本是神族的魔族，以及臣服神族的妖類，所以幻陣完全針對這些眾生。而人類在他們眼中太卑微，血統又混雜太多眾生，幻陣同樣也對這些混血人類有效。

不過，他們忽略了，這世界還有極其稀有的「純種人類」。

明峰因為這個疏忽，引導麒麟來到春之泉。

麒麟看到春之泉，神情變得恍惚而甜蜜。她擁有強烈的麒麟血統，相當程度的被靈泉吸引。論起源，不管是麒麟一族寶貴的化育池，還是獨角獸極度珍視的春之泉，都來自已經毀滅的列姑射原島上的靈泉。

「徒兒，你可頂得住？」後面的獨角獸已經快要攻破蕙娘的結界，她只能勉強支撐。

「頂不住也得頂住！」明峰脾氣很壞的吼，「快去吧妳，什麼時候了，還耍嘴皮子！」他拔出短笛，冒出旺盛輝煌的光霧，像是一把巨劍。

麒麟咧嘴一笑，她衝往泉畔……只見一匹巨大無比的獨角獸從泉水中湧現。她瞠目了幾秒鐘，才意識到她看到稀有的、眾生的亡靈。

那隻巨大無比，連蹄子都比麒麟高的獨角獸英靈望著麒麟，火紅的瞳孔卻有絲笑意。「倒沒想到，我死去這麼久，居然還可以看到東方遠親的子嗣。」

他低沉渾厚的聲音並不是用「聽」的，而是在心底、腦際，嗡然而巨大的迴響。攻破結界的獨角獸群不再動作，紛紛朝著巨大英靈屈膝。

「……尤尼肯。」麒麟深深吸了口氣。她幾乎是本能的知道，這就是無畏天界神威，為了族群自由刺殺天神的獨角獸。他的威名成了獨角獸的種族名。

「是，我是。」他睥睨著麒麟，「遠親的人類女兒，妳來這做什麼？」

「我來成為真正的麒麟。」她滿不在乎的回答。

他發出雄渾的笑聲，蕙娘呻吟一聲，倒在草地上，蜷縮成一團。她透支了太多力量，又讓驅邪的獨角獸英靈衝擊，比遭遇獨角獸族長還吃力，她毫無辦法的呈現假死現象，避免內丹毀滅。

「蕙娘！」明峰大叫，他抱起毫無生氣的蕙娘，眼眶憤怒的發紅，「你殺了蕙娘！」揮著手裡的巨劍，他激動的奔上去……

麒麟卻伸出腳絆倒了他，讓他跌了個狗啃泥。

「你那麼激動做啥？」麒麟冷冷的，「蕙娘沒事的。大人說話，你小孩子插什麼嘴？」

吃了一嘴沙子的明峰狼狽的爬起來，摀著流血的鼻子。他得很忍耐才能克制弒師的衝動。

尤尼肯冷淡的睇了他一眼，嘴角微微彎起，「妳這人類小徒不錯，妳也很不錯。」

「比不上您老人家。」麒麟敷衍的恭維一聲，「老大，就借洗個澡，又不是什麼大事。怎麼每隻獨角獸都能洗，就我不能？頂多我付浴資，如何？」

「哼。小姑娘好大口氣。」尤尼肯冷笑，「妳有一半人類血緣，入了春之泉，有一半的機會是會死的。另一半的機會雖然不會死，也不見得能化身為靈獸。若聽我的勸，妳不妨照這樣子活下去，也有一兩百年好活，雖然短命點，也是人類的壽限。何苦刻意來找死、甚至自找成怪物？」

明峰聽到發愣，不禁大怒，「……麒麟妳居然騙我！妳……」

「小孩子有耳無嘴啦！哪邊涼快哪邊站！」麒麟凶他，洶湧的氣勢居然讓明峰閉了嘴。

「尤老大，」麒麟轉頭心平氣和，「這些你我都明白，但我非下這泉不可。」

「為什麼？」尤尼肯偏著頭。

「尤老大，」麒麟笑笑，「您過世已久，塵世原本無須留戀，為何保存了所有靈力，以亡者的身分存在？這對靈獸來說，不但痛苦，也是種恥辱。」

尤尼肯瞇細了眼睛，「我有我的理由。」

「尤老大，我的理由和你相當。你看到或知道的事情，我也知道了。萬一有那一天，我不能用這樣什麼都不是的身分去處理。我想你會明白的。」

巨大的獨角獸英靈凝視著麒麟，許久許久。他突然一笑，「沒想到遠親出了這樣有膽識的姑娘。我不阻妳，但也不幫妳。是福是禍……就交給命運吧。」

「……麒麟不要！」聽得一頭霧水的明峰終於想明白了，緊張的大叫著衝上去。

但麒麟已經優美的一縱，跳進了春之泉深邃的寶藍之中。

「……麒麟，麒麟！」明峰狂喊著，也要跟著跳下去，「麒麟！」

尤尼肯振蹄，引起強烈的地鳴，連春之泉都掀起宛如海嘯的波濤，屈膝的獨角獸紛紛翻倒。明峰讓他震得往後跌，好不容易才穩住腳，心裡湧起又恐懼又無力的感受。

但這巨大的獨角獸英靈卻揚了揚眼，真正的正眼看待這卑微的人類。

「……哼。」他冷笑一聲，「憑你一個凡人，也想進入我春之泉？方才聽了這麼多，難道你理解力如此低落？連有一半麒麟血統的遠親女兒都未必能如願生還，你一個脆弱容器的人類，春之泉只會是你腐蝕一切的毒藥！」

「我懂，我懂啊……」但是看著寶藍深邃的廣大泉水，明峰的心整個揪緊起來。他常被麒麟整得哭笑不得，暴跳如雷，他也常自覺命苦，跟到這樣不成材不像樣的師傅。

但……她是麒麟啊！是他的親人，他的師傅，這世界上勉強可以算是「同族」的孤寂旅伴。就是因為她那不在乎、懶洋洋又寬容的笑容，他才覺得就算天塌下來也是小事一樁。

不然發生了這麼多、這麼多遺憾又痛苦的事情，他連真正的親人都不能夠相聚的孤獨中，只有麒麟和蕙娘，出嫁的英俊，是可以相依又不會帶來災害的親人……沒有她們，他早就讓蝕骨的孤寂侵蝕腐敗了。

「她是麒麟啊，你不明白，她是世界上唯一的麒麟。她才不會死！就算變成怪物，也一起當怪物啊！麒麟，妳不是說我留級了？我還沒畢業，妳不能拋下我走掉啊！麒麟！」他聲嘶力竭的對著春之泉喊，充滿驚懼無淚的憂傷。

尤尼肯動容了。這凡人少年充滿一種強烈的感染力，連他這樣一個鎮守春之泉的冷情亡者都動容了。當他用「心」去看那個孩子，瞇細了豔紅的眼睛。

「你是繼世者。」他冷靜的說。

「我不是他媽的繼世者！」明峰狂怒起來，「麒麟說過，我可以選擇自己的道路，用不著跟他媽的劇本走！我就是、我就是我！我是宋明峰，不是什麼繼世者！」

他這樣的無禮，卻讓尤尼肯真正的微笑起來。

「人類毀滅多次，多次出現『彌賽亞』。」尤尼肯平靜的說，「這些『彌賽亞』都是未來之書預言的『繼世者』，他們幾乎都讓天界收服，僅有的例外在魔界。真人，你的決定與眾不同。不過身為一個只有過去沒有未來的亡者，未等你蓋棺論定，我是不會給予肯定的評價的。」

「我不需要你的任何評價，也不需要你給我任何東西。」明峰乖戾的說，「我只想下去打撈麒麟。這麼久沒有浮上來，她說不定溺水了……」

「她不會溺水。」尤尼肯睥睨著他，「我想，你心裡也明白。轉生宛如重新孕育出生。我要提醒你，靈獸的胎兒期長短不一，短的不過一兩年，長的話……終其一生，你也不能與她重逢。」

「我的一生，可能比你想像的長。」明峰深吸一口氣，「我等。我等她！」

尤尼肯垂眼望著這蜉蝣似的短命種族。他們的情感總是太熾熱，像是徹底燃燒生命般。但他卻發現很喜歡這種熾熱。

因為，他也是這樣激烈燃燒、完全不像靈獸的戰士。

「哼，隨你便。」他踏浪而去，轉頭對明峰說，「若她成了怪物，不管她願不願意，我都會將她扔出春之泉；若她死了，看在你熾熱的勇氣上，我會將她的屍骨賞給你。」

他傲然的揚首振蹄，「尤尼肯從不撒謊。」消失了他巨大的身影。

明峰軟軟的癱坐下來。他面對魔王都沒有這樣巨大的壓迫感。別的獨角獸若是霜雪捏塑，尤尼肯就是用純白淨火凝聚而成。形態或許相類似，但本質上卻宛如雲泥。

這個高傲、暴躁、擁有極高自尊心和鋼鐵意志的獨角獸英靈，有種崇高而嚴厲的信念和堅強心智，讓他和玩弄權謀的魔王不同。魔王有顧慮、思緒縝密，這讓他凡事都留餘地，但這種智慧削弱了他的魔威。

而這個將一切雜質都燒個精光，只剩下火燙執著的英靈，像是不可逼視的太陽，讓人產生超乎理智的敬畏。

尤尼肯從不撒謊。他完全沒有懷疑的信賴這句話。的確，進入春之泉，即使他吞了如意寶珠，但保護的也只是肉體長生不老，他的靈魂能否完整，沒有半點把握。

他坐了好一會兒，設法把蕙娘救醒。蕙娘甦醒以後，比他想像的鎮靜。

「麒麟進泉水了麼？」這是她醒來的第一句話。

說不出話來的明峰，只能點點頭。

蕙娘望著天空，慢慢坐直起來。「……你去吧，明峰。麒麟說過，她這一去，說不定不是十年八年可以了結。看你是要回紅十字會，還是要回家去……」她溫柔的苦笑，「當初我就勸她，讓你先回紅十字會，我悄悄陪她來就是了。你若知道了，一定會在這兒乾等。但她說，你若沒看到結局，怕是會翻天覆地的找起來，萬一被拐去神魔兩界，她死也不甘心……」

「麒麟不會死。」明峰急急的打斷她，「我等。」

蕙娘的表情漸漸悽苦。「……傻孩子。」

「蕙娘也很傻啊。」明峰低下頭，「我們都傻。」

他們在泉畔結廬，等下去。不知道尤尼肯給族人什麼指示，他們沒有再來刺殺，連肯特都放了出來，專門來替他們送糧食，照料明峰和蕙娘。

「……你回米蘭吧。」明峰對他非常過意不去，「我們害苦了你。」

肯特聳聳肩，「反正我也待得太久了。雖然勉強變出幾條皺紋，但已經有人懷疑我的青春太永恆。休息一陣子也好，剛好改換模樣再出發。」

他愴然的望著春之泉，「……她的機會不大。」

「我還沒看到她變成怪物，尤尼肯也沒將她的屍骨賞給我。」明峰低聲，「我等。」

一天天，一月月，明峰在泉畔等下去。蕙娘恢復常態，這天惠的森林裡，充滿各式各樣的水果、堅果，可食的野菜和蘑菇。她將草廬搭建得更牢靠，甚至挖了個地窖。她取蜂蜜做糖，製作各式各樣的果醬，醃製蔬菜，曬乾蘑菇。

身為一個獨角獸眼中異類邪魔的殭尸，她顯得淡然而從容。但不管她的種族，她的確是獨角獸眼中的「處子」。雖然族長厭惡這兩個異族，但其他的獨角獸對她好奇，漸漸的，也被她完美的廚藝征服。

美食到了極致，就是一種藝術。而獨角獸對藝術是沒有抵抗力的。

他們漸漸的熟悉了蕙娘，接納了蕙娘。而明峰，這個凡人。他每天坐在不可接近的泉畔，全神貫注的注視著泉水，那種堅持，也感動了獨角獸們。

在非求偶期，原本獨角獸很少長期留在春之泉。這次聚集，是因為族長的女兒去世，他們齊聚參與喪禮。失去家鄉的獨角獸也遭遇了神族的困境，除了列姑射島，他們也受到人間神祕的排斥，漸漸的凋零。年長者過世，而新生兒數百年來只有寥寥幾個。

看似充滿天惠的家鄉，卻籠罩著沉沉的暮氣。許多獨角獸開始在人群中孤獨的生活，不想也不忍面對。

但這兩個看似雜質的異族，卻用不同的方式打動他們遲暮而哀愁的心。他們開始喜歡回來，徜徉在森林裡。他們喜歡到泉畔，吃蕙娘的好菜，聽明峰說他的所見所聞。

一個個好聽的故事。

這種改變是怎麼發生的，他們並不清楚。即使是這樣哀傷的明峰，但靠近他，就可以感到泉湧的生氣。他們尊敬的稱呼明峰是「彌賽伊亞」，意思是「帶來光亮的人類」。

靠近他，就感到眾生與人類沒什麼不同的奇妙感。一直與世隔絕，執著孤獨的獨角獸，終於意識到，自己也是這世界的一分子。

他們常常一起坐望著漸漸西沉的落日，耐心的等待著。

和明峰一起等待著。

*　　*　　*

她一直作著相同而重複的夢。

廣大到一望無際的房間裡，陳列了密密麻麻、高聳不見頂端的架子，隔成一小格一小格，只有魔術方塊大小。

她只能躺著，感到自己被分割，分割下來的部分，被放置在每個細小的格子裡。

不會痛，但有割裂感。她很想起身，但只能凝視著這個緩慢而漫長的過程。這種無能為力的感覺，像是極鈍的刀在靈魂上磨。不算痛的痛楚到達頂點，偶爾她會難以忍受的昏過去。

有時候，她會知道放錯格子，默默的想，「放錯了。」但放錯格子也必須從架上收回，重組進她無法動彈的身體，然後再次分割，放置到對的格子裡。

她不知道過了多少時間，似乎很長，又好像很短。她不斷的重複著這個夢，在極短暫的清醒時，凝視著遙遠水面、宛如大理花的冰冷陽光。

然後她又陷入重複的夢境。不斷的分割、放置、重組，循環不已。

她無法動彈。也是在這樣無能為力的狀態下，未來之書再次造訪她，這次麒麟無法轉頭、無法拒絕。因為她連心智都還在重組中，所以只能被迫望著「未來之書」。

哼。真會挑時候。她模模糊糊的想。不過看看又怎樣？你以為我是誰？我可是麒麟。

她看了。但和其他被挑中的人不同，她略過許多人名和關鍵字，想看清楚未來之書的架構。

越看，她越感到困惑。她漸漸明白，為什麼有人會看不懂，只能臆測。

這部漫長的書籍，組成有些類似程式語言，充滿了「if」、「then」這樣的語法。

只是完全用文字所組成。不是中文或歷史長流中人類或眾生的任何一種語言，但就像出生前就學習過，任何人都能沒有困難的閱讀，但能夠理解多少，那又是另一回事了。

一本樹狀結構，無數歧途卻殊途同歸的發展、結局，繁複而巨大的劇本。

劇本？麒麟瞇細眼睛，恍然大悟。啊……完全像是「MUD」。

MUD是「多人地下城堡（Multi-User Dungeon）」、「多人世界（Multi-User Dimension）」或「多人對話（Multiple-User Dialogue）」的簡稱，指的是一個存在於網路、多人參與、使用者可擴張的虛擬實境，其界面是以文字為主。這一種遊戲在七〇年代末期及八〇年代初期風靡了美國中學、大專院校的學生。它讓使用者透過網路連線，彼此藉著遊戲本身對於戰爭、魔法使用的相關文字描述來進行遊戲。

這是最早的網路遊戲，發跡一九七八年，由Richard Bartle和Roy Trubshaw寫的MUD1，運行於vax/xms主機上。

對，未來之書像是MUD的劇本，只是更複雜、讓過程充滿可能性，連斬釘截鐵的結局都還隱藏著隱藏結局。

在分割和重組的夢中，她閱讀著未來之書。她研究著奇特的結構，看到天柱折斷的必然結局。但因為這樣奇特、能夠自行發展的架構，所以當世界沒有因此崩毀時，又衍生了情節，再次導向毀滅。

悄悄的，她彎了嘴角。

很有趣。因為MUD的創造者和管理者通常也稱為「大神」。這是種神祕的巧合。雖然粗陋而簡略，但MUD的原理居然是極度簡略的「未來之書」劇本。

無言的，「未來之書」似乎在「凝視」她。在重組的麒麟面前，擺下一個包覆甜蜜糖衣的毒藥似的「建議」。

唯有怪物可以殲滅怪物，唯有「無」可以吞噬「無」。

麒麟沉默許久，彎了嘴角。閉上眼睛，她繼續作著分割和重組的夢。直到她能夠真正的、站起來。

這天，和其他的日子沒有什麼不同。

明峰連線到紅十字會閱讀最新的研究報告，天濛濛的亮了起來。在這樣健康的環境下，他養成了早睡早起的習慣——七點就睡，四點起床，可以說是他這生中最規律的生活。

肯特一直盡量讓他們生活舒適，但在春之泉使用任何現代化的電器都是種怪異的事情，況且蕙娘完全不需要。明峰只要求了一部筆電和網路。他需要多些新知，即使麒麟不在身邊，他也沒有放棄過學習。

（至於筆電無須充電和沒有現代文明的春之泉島何以可以使用網路，這些別深究比較好。為了不讓自己產生暈眩感，明峰很聰明的不去問。）

伸了伸懶腰，明峰慢慢的走出大門。萬籟俱靜，太陽緩緩的從地平線湧出無數金光。

他們的屋子向西，所以太陽從屋後升起，他望著日出的美景，又轉眼向著點點層層的春之泉。

然而，波濤洶湧，泉水翻騰。明峰臉孔乍白。

這段等待的時間內，尤尼肯只出現過兩次。而他出現的時候，都只肯給他一個麒麟未死的答案，詳情一概不提。而廣大深幽的春之泉，只有尤尼肯現身才會有動靜。

這次會是什麼答案？是成為怪物的麒麟，還是殞逝的屍骨？

他奔向泉畔，漲滿無法忍受的痛苦。長久等待，無數交錯失望與希望的漫長歲月。

「尤……」他張口呼喚，聲音卻哽在咽喉。

一匹蒼青色、鬃髮飄揚在晨風中的「駿馬」，踏浪飛馳。額上一對糾結如龍的角，纖細俊美更勝獨角獸，張口低吟，嗡然的和薄霧的大氣迴響。

「她」踏上岸邊，幾乎有三個人高，傲然的望著明峰。但那眼睛……那促狹的、懶洋洋又嬌媚的眼神，一點點也沒改變。

「……麒麟？」明峰低低的，終於找回自己的聲音。

她彎了嘴角，身形模糊霧化，又重新聚攏。他的師傅，那個嗜酒如命、愛好美食的永恆少女，出現在他面前，微微抬頭的看著他。

「啊，你的頭髮怎麼這麼長？」麒麟插著腰，「跟著肯特學喔？你沒聽過東施效顰嗎？」

「……妳這混蛋！」明峰漲紅了臉，激動的抓著她的肩膀，「五年！妳一去就是五年！見面只會問我頭髮為什麼這麼長!?見面就只會笑我……妳這混蛋！」他大叫，眼淚不斷的滾下來。

「……你真的很愛哭欸。」

「妳給我閉嘴！哇～」明峰乾脆嚎啕起來。

「……徒兒，你要抓著我哭，我沒意見。但我的衣服忘在湖底了……」麒麟搔了搔臉頰。

「妳有哪裡我沒看過？」明峰惡狠狠的將洗得發白的襯衫脫下來，摔在她的頭上，「妳開膛破肚的時候是我在上藥的，繃帶是我換的！妳這……妳這……妳這混帳師傅……哇～」

哎。麒麟悶悶的把襯衫穿起來。她個子嬌小，明峰的襯衫都快到膝蓋了。

這年頭啊，當師傅的怎麼這麼苦命，徒弟的氣燄怎麼這麼高啊……

八、代價

蕙娘看到麒麟，比想像中還鎮靜。「回來了嗎？主子？」語氣很平靜，像是和麒麟分別了五分鐘，不是五年。

「蕙娘，我餓了。」麒麟皺著臉，「原來過了五年啊……難怪我覺得饞得不得了。還有酒，酒呢？我要酒啊～」

「我早就準備好了。」蕙娘淡淡的說，「核桃酒如何？我自己釀的。」

麒麟像是餓虎撲羊，抓起那小罈核桃酒猛灌，非常痛快的哈氣，「爽！最難過的不是轉化，是我可憐的酒蟲。足足餓了五年哪……」她據案大嚼，含含糊糊的誇獎，「太棒了，蕙娘真是天下第一……」

「慢慢吃，還很多。」蕙娘輕聲說著，「我一直都在準備，準備著這一天。」

「妳吃慢一點好嗎？誰跟妳搶？」麒麟吃得狠了，嗆咳起來，明峰跳過去拍她的背，「妳找死啊？堂堂禁咒師死於噎死，這傳出去能聽嗎？妳吃慢點行不行？……喝水啦！誰讓妳喝酒順氣的？妳就不怕急性酒精中毒？這裡離人間的醫院可是很遠的！」

嘴裡不斷的抱怨，明峰卻乖乖的站在麒麟身邊，服侍她進食。他很害怕，真的很害怕，麒麟歸來只是一場夢，像是之前無數清晨驚醒後，了無痕跡的夢境。那總是讓他痛哭失聲。

麒麟遠比他想像的重要許多。雖然是這樣一個爛酒鬼，這樣一個不戲耍他日子過不去的混帳師傅。但是沒有麒麟，就是不行。

他一直服侍她吃完滿桌早餐，這才確定這是真實，而非幻夢。

「甜點呢？」麒麟用湯匙敲著盤子，「甜點甜點甜點～還有我的酒～酒杯空了空了空了～」

「知道啦！妳有點女孩子的樣子行不行？」吼完她以後，明峰覺得很疲倦。真是莫名其妙，他做啥一直在等這個爛酒鬼……

轉進廚房，他正要喚蕙娘，卻聽到蕙娘壓抑著，發出類似啜泣的笑聲。

表面鎮靜的蕙娘，交抱著雙臂，緊緊的抵在牆上，臉上闌珊著蜿蜒洶湧的淚，卻在笑。壓抑著狂笑。一聲聲，喘不過氣似的，啜泣般的狂笑。

他躲了出去，站在幽暗的甬道，眼眶漲痛溼熱。

或許蕙娘的心情，他最明白。因為他也是這樣。

＊　＊　＊

麒麟轉生成功的消息，很快的就傳遍了春之泉，蔓延到散居各地的獨角獸們。他們好奇的湧回故鄉，看到那位懶洋洋、純淨美好的遠親處子。

她多半維持著人形，偶爾興起才會變回真身，那蒼青色的身影引起許多獨角獸的愛慕。連憤怒的族長都緩和許多，跟麒麟狠狠地吵過幾次，打過一架，居然成了莫逆之交。

但更讓人訝異的是，她和尤尼肯奇特的友情。

她短暫居留在春之泉的期間，每天清晨都會化為真身，踏浪去尋尤尼肯。

「……哼。」尤尼肯睥睨著相形之下非常嬌小的蒼青慈獸，「瞞得過別人，可瞞不過我。妳，不完全。」

「對啊，我不完全是慈獸。」麒麟泰然自若，「反正以前的我，人不人鬼不鬼，現在只是慈獸都不慈獸了。習慣就好，習慣就好……」

尤尼肯低頭看她，「……妳並不知道妳付出多麼重大的代價，將來妳必定會後悔的。」

麒麟飛快的反擊，「那麼尤尼肯，你後悔了嗎？」

這位高傲的英靈瞬間變色，用著火紅熾熱的眼睛灼灼的望著她。或許可以讓其他眾生、甚至天神都膽寒，卻嚇不住這隻蒼青色的慈獸。

「哼哼。」他緩和下來，「有時候。畢竟我當初祈求力量時，實在太年輕，年輕到不知道自己在做什麼。」

「啊，那我也有時候懊悔一下好了。」麒麟無畏的回答，「想要得到些什麼，總要付出些什麼。」

這讓尤尼肯困惑起來。「……我不懂。妳真的了解妳付出什麼嗎？我當時太年輕，以為沒有選擇。妳呢？我並不認為妳對什麼抱持著執著。」

麒麟垂下眼簾，沒有回答。

尤尼肯以為她不明白，「我付出的代價是，我成了『無』的眷族。我不會消亡，因為我本身已經消亡。即使這世界毀滅殆盡，我亦與虛無同在，存在著意識的……永遠不能解脫的無期徒刑。妳懂這是多慘烈的代價嗎？」

「我知道啊。」麒麟的語氣很輕鬆，「沒有終點，也無從出發的旅程，對嗎？」

「妳也付出相同的代價嗎？」

麒麟笑而不答。

「為什麼？」

「這個啊……為什麼呢？」麒麟仰頭思考了一會兒，「我就是想搗蛋一下啊。我就是，討厭這種結局。創世者或許身分高貴，若生在現代，搞不好是天才程式設計師……但他寫作的功力實在太爛。這種鳥結局誰能接受啊？」

她露出一個促狹，帶著可愛邪氣的笑容，「這世界這樣寶貴，哪是那種五百塊一本的劇本可以糟蹋的？我不好好搗蛋一下怎麼行哪？」

尤尼肯盯著她不放，「妳會懊悔的。」

「怕啥？」她朝尤尼肯搖了搖滿頭蒼青的鬃髮，「我真的很懊悔的時候，還可以跑來跟你哭。我想，會跟你一樣，『有時候』。」

她輕鬆哼著歌，踏浪而去。

尤尼肯注視著她的背影，然後緩緩沉沒入泉心。哼哼，這高傲的小妮子。他噙著笑，閉目臥在幽深的泉底，遠遠傳來獨角獸隱約縹緲的歌聲。

妳不了解，「有時候」往往會讓這些活生生的歌聲打滅。會覺得一切都是值得的。他有預感，麒麟懊惱到跟他哭訴的時刻，永遠不會來臨。

這樣一個奇特的小妮子。

* * *

尤尼肯是最初西來的獨角獸之一，他知道的事情，遠比麒麟想像的還多。

她天天造訪，與尤尼肯的密談，從來不讓明峰和蕙娘知道。但她偶爾興起，也會聊聊一些八卦。

（你知道的，任何女人都喜好八卦，哪怕是轉化為慈獸的麒麟也不例外。）

甚至後來她連線到舒祈那兒，跟她講了這個她覺得很有趣的事情。

現任天帝慈明堅忍，在他治理下，不但平息了上任天帝的戰火，也和水火不容的魔界達成和議，與各方天界修睦，政績璀璨。相傳這位原名「雙華」的天帝，原是一方神域的小小神王，後來前任天帝禪讓，他才繼任的。

msn的視窗空白了好一會兒，舒祈慢吞吞的回答，「連我都知道，那八卦在哪裡？」

「嘿嘿，」麒麟邊笑邊打字，「我聽說王母抱怨過天帝有著人類般的軟弱心腸。」

「這也不是新聞。」

「八卦就在這裡。天帝不是有著人類般的軟弱心腸，而是，天帝有著人類的軟弱心腸。」

空白了很久很久，舒祈才傳來一句，「什麼?!」

「對，天帝是『彌賽亞』。跟明峰一樣，是純種人類，預言中的『繼世者』。他選擇了服從天命，也成了現任天帝。」

「……的確是我不想知道的大八卦。」舒祈頓了一下，「妳怎麼會知道的？」

「我結識了獨角獸的某個老大，現任天帝還是人類的時候，神族剛玩壞了列姑射島，就是天帝平息了島主的憤怒。當時那個老大親眼目睹……直到獨角獸和麒麟分家西行的時候，那位雙華先生已經轉化為神族，禪讓的日期都定好了。」

「……列姑射島島主？」舒祈訝異了，「這位身分神祕的島主沒有人知道，包括我在內。而且天帝憑什麼平息她的憤怒？」

「因為，她是最偏袒人類的古聖神之一。舒祈，別裝了，妳會不知道悲傷夫人？」

舒祈在電腦那端變色了。

先於一切神魔、眾生，渾沌初分時，古聖神就存在了。即使是神佛，也不了解古聖神的一切。有人說，他們是最初有識的精神體，乃是無知無識的太初所萌化，但也只是推測，不知道事實如何。

古聖神不入神魔領域，別有所棲，通常都安靜的與天地同眠。只有一個古聖神與眾不同，她不但棲息在人界，還酷愛人類。但是因為她的能力太過強大，會破壞天地平衡，所以她也只是觀看著，並且將人類的悲哀拿走。

這也是為什麼人類的悲哀再巨大，通常都可以經由時間的洗滌漸漸淡忘。神魔都敬重她，也不敢太傷害她的子民，雖然神魔都諂媚似的上了許多封號給她，她卻只自稱悲傷夫人。

她是絕對中立的存在。只有人類毀滅的時候才會起身。也因為她的偏袒，人類若滅絕了，神魔也別想存在……因為她誓言過，人類滅絕，眾生都得陪葬。

這些，經由檔案夾的各路幽魂告訴過她，但她不知道悲傷夫人居然是列姑射島島主，更不知道天帝居然是個純血人類的「彌賽亞」、「繼世者」。

許多謎團也因此解開了。

身為「繼世者」的純血人類雙華，默默的接受命運，什麼一方神域小小神王，大約也是前任天帝為了減輕阻力編的鬼話。轉化為神族的雙華看不出任何破綻，接受禪讓成為天帝，甚至成為「天柱」的父親，因此耗費了大半的元神。

他漫長的一生都在設法呼喚和平，延續這世界本已毀滅的命運。耗盡一切，默默忍耐。

「……轉化並不是一個很穩定的過程。」良久，舒祈才回了這一句。

「的確。」麒麟回答，「所以天帝的壽命，比許多天人都短很多。而且他……」靜了一會兒，「燃燒殆盡。」

舒祈又沉默了很久。「麒麟，我的時間停滯很多年了。」

「我知道，我一直都知道。」

「知道妳還不告訴我？」在螢幕那端，舒祈笑起來，「也罷。我想妳也知道，天帝沒有多少時候好活了吧？」

「是啊。」麒麟喃喃著，「二十五年吧。頂多二十五年。」

「我得停滯到那時候嗎？」舒祈發著牢騷，「這多不正常。我的存款不知道能不能撐到那時啊。」

她離線了。

麒麟抱著胳臂，像是想了很多，又像是什麼都沒想。

拿起筆電旁邊的葡萄酒，她大大的灌了一口。宛如貓咪般，滿足的瞇細了眼睛。

「我要走了。」某個清晨，她化身為慈獸，跟尤尼肯說。

他睜著寶石紅的眼睛，靜靜的看著麒麟，身量縮小，只比她略高一些。「這個時候，我就覺得特別懊悔了。」

麒麟微偏著頭，「我應該很快就會成為你的同伴。」

尤尼肯搖搖頭。「我寧願一直懊悔，而妳可以在風中翱翔飛馳，永遠無拘無束。」

「……我一生沒愛過任何人，不了解戀愛是怎麼回事。」麒麟垂下眼簾，「但現在似乎有一點點明白。」

「哼。」尤尼肯傲然一笑，「黃毛丫頭，妳還有很多要學的。」

麒麟接受了尤尼肯印在她額上冰冷的吻。這個瞬間，她百感交集。

「我說不定錯過一些美好的事物。」麒麟柔聲。

「但妳也得到更多。」尤尼肯光潔的雪白鬃髮無風自飄，「飛翔吧，小姑娘。隨妳的心意，載歌載舞的走向末日吧。到那時，呼喚我。」

麒麟灑脫的一笑，走了。

她帶著明峰和蕙娘，重抵人世。如凡人般搭乘飛機，忍耐著長途飛行，回到污濁囂鬧的家鄉。

失蹤這麼久的時光，他們的親友幾乎都已經絕望了。紅十字會慌亂成一團，她的學生們徒勞無功的和獨角獸交涉，卻沒有絲毫進展。但她卻悄悄的回到家裡，像是什麼事情都沒有發生。

來探望的阿旭和莉莉絲，卻感到極度微妙的不同。原本靈氣宛如日薄西山的麒麟，一轉旺盛得幾乎可以觸摸，比她早年最盛時還充沛。甚至他們那個懶洋洋的師傅，透出一股強烈的靈威，若非她收斂嚴謹，恐怕誰也沒辦法靠近。

連明峰和蕙娘都感染了這股出塵的氣質。或許是耳濡目染的居住在獨角獸的領地，百般薰陶的結果。

站在客廳，他們訥訥的不知道怎麼開口。

半醉的麒麟抱緊酒瓶，「喂，你們來幹嘛？又來偷喝我的酒？去去去！我教你們這些學生幹嘛啊真是的……不知道孝敬師傅就算了，三不五時跑來偷酒喝！太閒不會去當義工？又跑來幹嘛？」

那股強烈的違和感消失，他們熟悉的師傅又回來了。

「親愛的！」「麒麟！」他們抱著麒麟的腿，一人一邊的哭起來。

「哭什麼哭？我還沒死！」麒麟怒罵，「哭也是沒酒喝的！蕙娘，別煮他們的份！那鍋羅宋湯都是我的！」

明峰瞥了瞥起碼五公升容量的大湯鍋。麒麟，妳是說真的嗎？妳打算一餐就把那鍋湯幹掉？

「我的份給他們吃。」他臉孔慘白的捧著胃，「我不想再看妳吃東西了。」

麒麟不會撐死，但他因為視覺的刺激，可憐的胃不堪負荷。這說不定是他胖不起來的主因。

表面上看起來，麒麟和以往沒有什麼兩樣。

依舊好酒貪杯，依舊狂愛著美食，抱著漫畫不放。表面上。

但她居然去紅十字會申請復職，帶著蕙娘和明峰滿世界跑。值勤之認真，讓明峰幾乎認不出她來。

「……轉化是不是轉壞了妳的腦子？」明峰覺得有些膽寒。他絕對不相信不過是五年的轉化，就可以轉斷麒麟的懶筋。

「少囉唆。」麒麟眼皮都沒抬，專注的看著資料。「給你的那一份報告你是看了沒有？臨行不多做點準備，小心到時候欲哭無淚。」

……她一定生病了。

「蕙娘，」他臉孔蒼白的摸進廚房，「妳看要不要送麒麟去醫院掛急診？」

「應該……不用吧？」她其實也很擔心，「主子，歇一歇吧？太久沒努力工作，妳……妳真的沒問題嗎？」

麒麟白了她的式神和弟子一眼。「什麼話嘛，我一直是個勤奮認真的人好不好？」

妳才不是。蕙娘和明峰在內心默默的回答。但他們誰也不敢說出口。

但麒麟似乎真的轉性了，不管紅十字會給她多小多無聊的案子，就算要她從台中飛到南極，她也欣然接受，而且親力親為，從來不想要叫明峰自己去就算交差了。

她異常的辛勤，成了眾生的話題。連守著幻影咖啡廳的上邪都聽說了。

這天，趁著明峰去探望英俊和她的小女兒，麒麟懶洋洋的踏入幻影咖啡廳。距離上邪勸她去尋西方化育池，已經過了六個年頭。

瞥見她，上邪內心一凜。她成功了。但是怎樣慘烈的成功。

「……妳搞什麼？」上邪發怒起來，「我叫妳去轉化為慈獸，妳弄成這個樣子回來！妳沒有完全變成慈獸！」

「對啊。」麒麟滿不在乎的說，「化育的時候，我動了點小小的手腳。」

「不該祈求的力量就不當去祈求！」上邪把抹布摔在櫃台上，「妳這副德行，我怎麼跟子麟交代?!」

「子麟奶奶不會知道。」

「但我知道！」上邪整個火起來，「妳知不知道沒有終點是怎麼回事？比天地高壽是好事嗎？妳這白痴！妳還是會死，但是死掉以後妳的魂魄會化為『無』，但是意識永遠清明！妳懂不懂這是多麼漫長的寂寞啊？等妳抵禦不住這種孤寂，妳就會被『無』吞噬，成為巨大的『無』的一部分！妳到底懂不懂妳付出什麼啊?!」

「我懂啦，不用那麼大聲。」麒麟塞住耳朵，「上邪君，你怎麼養成這種婆婆媽媽的個性？我記得你以前很乾脆的。」

上邪氣得發怔，「……在子麟煩死我之前，我先宰了妳！妳這混帳小鬼～」他撲過去，被驚呼的員工牢牢架住。

「……唯一不會被毀滅的，唯有『毀滅』本身。」麒麟懶洋洋的托著腮，「好啦，幹嘛這麼激動？萬一那天真的來臨，總要有人去填那個坑對吧？總不能看我的小徒去填吧？」

她笑瞇了可愛的眼睛，一種滿不在乎的輕鬆。「哎啊，我最近老想到舒祈講的話。我比我想像的還喜歡這個髒兮兮的世界啊。」

上邪瞪著她，然後別過頭。「……喝什麼？」語氣非常凶。

「蟠桃酒來個三鐔。」

「咖啡廳不賣酒！」他凶狠的頓下一大杯熱牛奶。「小孩子喝什麼酒?!」

我都上百歲了，誰跟你小孩子……但麒麟乖乖的喝著熱牛奶。跟一個活了好幾千歲的大妖魔爭辯年齡問題，未免太蠢。

「欸，」她懶懶的問，「有沒有狐影的消息？」

「妳錯過他了。」上邪有些煩躁的洗著杯子，「他上個月拿了年假回來了幾天。沒碰到妳，他很失望。」

「他交代什麼沒有？」

上邪扔了個玉簡給她，「回家慢慢看去吧。」

都什麼年代了，狐影還用這種老古董……麒麟咕噥著，帶著玉簡回去。

這是天界通用的書信媒介，曾經傳到東方道家，但已經接近失傳了。這種玉簡需要用心眼內觀，未必是文字，甚至可以插入影像、圖片，能力越高強的可以做到越擬真，但一封普通書信沒什麼人會去搞個藝術品就是了。

若拿人間的創作物來比擬，網站勉強接近。趕時髦的天人甚至會在玉簡裡頭使用超連結的概念。不過大部分的天人都拿來當普通書信傳遞，內容當然也不那麼花俏。尚未封天時，偶爾她會接到子麟奶奶或大聖爺的玉簡，對這種書信媒介並不陌生。

她開始閱讀玉簡。

越看，她越不耐煩。狐影長篇大論的抱怨天界的伙食不好，咖啡難喝，還有他手下的神官有多笨。還附上一大堆很難看的塗鴉加強說明……

簡單說，就是廢話大集合。

誰關心你的神官會不會布結界、彌裂痕？他們連《初步結界入門》、《第一次癒合就上手》都沒看過關我什麼事情？他們又不是我的學生。

麒麟真想一扔了事，但忍耐過無數廢話以後，她「卡」住了。麒麟被擋在一個奇妙的結界之外，讓她的神識像是撞在一堵牆上。

啊勒……狐影用廢話當障礙，試著向她傳遞一些什麼嗎？

深深吸口氣，她離魂，進入玉簡。

在無數廢話的盡頭，是道黝黑的門。真是沒有創意的加密鎖。

「你到底想跟我說啥啊？故弄玄虛的。」麒麟忍不住對著門說，「你知不知道，我一秒鐘幾百萬上下，很忙的。」

黝黑的門傳出冷冰冰的聲音，「來者何人？」

「麒麟啊，不然會是誰？」她沒好氣。

「答案錯誤，請輸入正確關鍵字。」

麒麟瞪著門，開始考慮直接炸穿可能比較快。「狐影！我沒那美國時間跟你玩猜謎遊戲！」

「答案錯誤，請輸入正確關鍵字。」

……狐影，你這混蛋。

「我是子麟的子嗣。」

「答案錯誤，請輸入正確關鍵字。」

「……我是大聖爺的子嗣。」

「答案錯誤，請輸入正確關鍵字。」

……我一定要炸穿這道該死的門。麒麟想。但狐影會弄出這玩意兒，可能真的有非常重要的情報留給她。

她認真的想出幾十種答案，結果都是「答案錯誤」。

抱著胳臂，她認真想起來。和狐影到底是怎麼認識的？

彼時，她年紀還很輕，剛收了蕙娘不久。當時的咖啡廳在列姑射舊址還是時髦玩意兒。她因為任務，路過了幻影咖啡廳。

她見到狐影的時候，狐影對她說什麼？

「啊，妳就是子麟的丫頭吧。」狐影招呼她，「跟子麟差不多，看起來就是一副禍頭子的模樣。」

…………

「……禍頭子。」麒麟乾扁的對著門說。

「答案正確，獲准入內。」黝黑的門消失了。

……媽的。

「狐影你這混帳！」麒麟怒吼出來。

「叫我？」門的後面，皙白美豔的狐影閒閒的應了一句。

麒麟傻眼了。

九、真實

瞪著狐影好一會兒，麒麟好不容易才擠出一句話。

「……你逃兵喔？」

封天封得這麼徹底，傳訊是絕對不可能的。難道狐影受不了那票腦殘神官，偷跑下凡躲起來了？

狐影睇了她一眼。「如果妳打開這道門，證明妳熬過了轉化的危險和痛苦，回到人間來了。說真話，我恨不得痛打上邪一頓……給妳這什麼鳥建議。雖然他的確擁有野獸般的直覺，也實在刻不容緩了……」

「你還是沒回答我的問題。」麒麟打斷他，「為什麼你在這裡？你真的逃兵了？」

「在狐影輸入的資料當中，我找不到『逃兵』的相對應答案。」她眼前的「狐影」心平氣和的回答。

……那你是誰？

「久候妳不歸，而我的假期有限。所以我製作了這個……」他指了指自己，「我把想告訴妳的話和妳可能會問的回答凝聚在一起，作成這個ｂｏｔ，或者妳要說是個機器人，我也不會反對。」

「……狐影，我好像在哪部電影看過這個創意。」

「妳不要問我是哪部電影，我也忘了。」狐影的幻影很快的回答。

……你還真了解我，連我會問這個都知道。

「總之，不是得到這個情報，我不會火速拿假回人間。我沒把這事告訴舒祈。她的力量來自都城，離開都城就什麼都不是。她若離開這個城市，恐怕連自保的能力都沒有。我想了很久，上邪太衝動，九娘只有結界能看，殷曼和君心……哎，饒他們過幾年平靜日子吧。夠力的大妖沒幾個，留在人間的諸神又被王母一貶了事……」

狐影的幻影嘆了口氣，「想來想去，就妳還是個人才。」

「……現在人才是腦殘的代名詞。」麒麟瞪了他一眼。

「這個解釋狐影沒有輸入，沒有相對答案對應。」

狐影一定是故意的。留下這個該死的ｂｏｔ好替她的怒氣加溫。「掐頭去尾說重點！」

「沒有相對答案對應。」

麒麟氣得發怔，但為了避免腦溢血的危險，她忍住氣，「……繼續。」

狐影的幻影接著說下去，「因為異變太盛，我覺得太不對勁。而且看得到未來之書的天人越來越多，東方天界除了天帝病危外，又多了一重末日恐慌。我查遍所有能找的資料，發現天柱折的前後，天界也有類似的恐慌蔓延。

越想越覺得未來之書著實詭異。這書從何而來，是誰編著？是誰的意志讓這部書出現在眾生之前？妳知道的，天帝的身體真的不行了，壽算恐怕就這二、三十年。

我不曉得妳知不知道，這算是故老的祕密，只是在這種恐慌時刻，也慢慢傳開來。據說天帝是繼世者，純血人類轉化來的。世界依舊運行不墜，就是因為『繼世者』的加持。但他眼前就要殞亡，他的皇儲又是個瘋子……

現在天界開始有了明爭暗鬥的分裂。一派擁護王母和帝嚳，另一派力主要開啟封天令，迎接妳的小徒為帝。坦白講，這兩條路都不好。帝嚳是個變態的神經病，他老媽是個偏執的神經病；但各界裂痕真的大到無法開啟封天的地步，我修理到現在，已經不只一次想說老子不幹了。總之，比妳想像的還壞三倍以上，『無』快吃光了根柢……罷了，不說這個。」

狐影皺緊眉，「我想來想去，簡直只能坐困愁城。但隱居已久的女媧娘娘居然遣人來找我。我想妳知道的吧？女媧娘娘是王母玄的親姊姊。據說她和悲傷夫人淵源極深……她也同樣是個極為愛護人類的神族。但她個性謙和忍讓，為了避免王母忌憚，已經隱居多年，不問世事。我想妳明白我有多訝異，雖然我族世代都選派女官服侍女媧娘娘，但直接召喚，是曠古未有的事情。」

狐影懷著驚訝忐忑的心情，與女媧的密使同去晉見。

女媧娘娘是個身量很高，面容如玉溫潤，帶點不散輕愁的絕豔女子。她的面貌和王母非常相像，氣質上卻截然不同。她擁有決心和意志力，不然不會親手斬殺巨怪，煉石補天。但她卻有種堅忍和謙和的慈悲，這讓她甘心隱居，盡力隱匿她曾有的光榮。

「狐君，勞你遠來。」她止住了狐影的大禮，「若非事態緊迫，我也不敢多做打擾。」她示意女官，呈上一只蒼羽。「這是天帝當初贈予我的蒼羽令。持此令者，諸天仙神皆不可攖。你拿了這蒼羽，快快下凡去吧。傾覆在即，天界也不能免，你若下凡，說不定還有一絲生機。」

「……小仙不懂。」狐影不敢伸手去接。他當然知道蒼羽令！這是歷代天帝流傳下來的免死金牌，面對善妒多疑的王母，更是女媧娘娘的護身符。今天居然要贈與他？

女媧憂愁的咬著下唇，躊躇片刻。「也罷，是該跟你說明。天帝殞命日，黃昏將臨時。天帝若過世……不管天柱存不存，末日都會降臨。」她閉上眼睛，長長的睫毛在臉頰上微微顫抖，聲音很輕很輕。

「……我和玄所作的一切……難道只是徒勞無功的掙扎？」

在王母玄還是少女巫神獨守天柱的時候，女媧是看守碧泉的神祇，負責傳達悲傷夫人的旨意，和對著悲傷夫人歌唱。

現在看守碧泉的刑仙螭瑤，彼時還是個剛出生不久的小龍。

悲傷夫人很喜歡對人類抱著極度溫情的女媧，女媧也是夫人唯一願意交談的天人。

因為這樣，女媧比任何天人、眾生都知道許多真實。

「未來之書，是創世者留下來的，極度惡意的玩笑。」女媧的聲音低沉疲倦。「他用一種極度精密，甚至可以自我生長的腳本，寫出了最後的結局。悲傷夫人沒有一天不為了這件事情哭泣，因為她也無法違抗創世者的劇本……當天柱折斷的時候，我懇求夫人發發慈悲……」

她低下頭，雪白的頰上滾下淚。「她付出自己的眼睛換取更改結局的權力。」

狐影大驚，臉孔慘白起來。

「所以我可以煉石彌補裂痕，玄可以產下天柱。都是因為、因為悲傷夫人付出極度慘痛的代價。她也說，這只是暫時的。創世者安排的腳本裡，會不斷的出現『繼世者』。但他們也只能延緩毀滅，不能終止。再怎麼掙扎，末日一定會來臨。」

「……為什麼創世者一定要毀滅這一切？」

女媧搖了搖頭，「我不知道，夫人也不知道。理論上來說，毀滅之後就是另一個世界的開始。成住壞空，原不可免。但……創世者的腳本只通向虛無，什麼都沒有了。」

第一次，狐影感到什麼叫做絕對的絕望。

「……那我還能做什麼？」他愣愣的問，「就算我下凡，我能做什麼？」他小小一只狐仙，怎麼違抗創世者的意志？

女媧擦乾眼淚，眼中出現鋼鐵似的堅定。「因為創世者的惡意。因為他算定沒人有辦法破解未來之書的迷宮，所以並沒有寫死結局。

「世界由天柱和地維來導正所有『力』的流向。天柱折、絕地維，力流一旦混亂，就會自我攻伐毀滅，這就是創世者的設定條件。當初天柱因為天人的愚昧而折斷時，沒有立刻毀滅，是因為地維絕需要時間。而我修復了裂痕，也就是將地維重新界定，玄嫁與繼世者，產下天柱。條件沒有滿足，所以延緩了既定的結局。

「但現在……天帝就快要……」她嚥下嗚咽，「而天柱化身恐怕也維持不了好久。各界的裂痕日趨擴大，我想你修補的時候就明白吧？裂痕影響地維，終究會割絕斷裂。就算天柱折斷，若地維猶存，或許可以找到新的方法，讓世界延續下去。你是我僅知的醫天手……」

狐影煩躁的打斷她，「我不是女媧娘娘，我無能為力！為什麼您不再次的……」

女媧憂鬱的笑了笑。「逆天而行，一定要付出代價的。」她捋起長長的衣袖，右腕光滑，她的右手掌整個沒有了。「不是我不願，而是我不能。現在，你願意接下蒼羽令嗎？」

* * *

「所以我來了。」狐影聳聳肩，「但只是暫時。現在容不得我說不幹。各界息息相關，天界整個塌掉，人間和魔界也跟著完蛋。本來超慌張的，後來就鎮靜下來。最壞也不過大家都完蛋，都到谷底了，還怕啥？但我不能夠同時修補天界裂痕又兼顧人間裂痕，定地維的重責大任，只好交給妳了。」

他深深嘆口氣，「雖然妳真的很不靠譜。」

「可靠。什麼靠譜，那是什麼石器時代的用詞……」麒麟抱怨。

「沒有相對答案對應。」

「夠了！」麒麟整個發火了。

麒麟和狐影的幻影談了很久，終於在拆了那個bot之前，把大概搞清楚了。

「……比我厲害的人很多。」麒麟沉默下來。

「但妳是禁咒師。」

麒麟沒好氣的白了一眼。她的確是禁咒師，但範圍並沒有廣到可以彌補一切。「好吧，我知道了，混帳狐影。扔給我這麼大的題目，多麻煩。」她靜了一會兒，試圖問了個問題。

「你不考慮抓我小徒嗎？」

她已經有心理準備會聽到什麼「沒有相對答案對應。」，但狐影的幻象只是眨了眨眼睛，「將天地的重量放在一個人的身上，那太沉重，也太不可靠了。當然這最快……畢竟設定裡的繼世者能夠用『人生』來延續世界的命運。

但，若毀滅是宿命，那反抗宿命就是逆天了。同樣是逆天，我寧願賭一個比較渺茫但能夠繼承的未來，不去寄望不知何時會再出生的繼世者。」

麒麟抱著胳臂，笑出聲音。直到魂魄歸位，她還是笑個不停。

難怪狐影的人緣這麼好，或許是這股永遠抱著希望的勇氣吧。

＊　＊　＊

所謂地維，宛如一張隱形的大網，包覆著世界。地維規矩嚴整，和人類慣用的經緯很巧合的類似。或者也可以用血管來形容，越細密的地方就像是微血管，擁有自動修復的功能，但重要的大交會就跟動靜脈相同，萬一有狀況，就會嚴重影響力的流向。

若是斷裂太甚，整個網狀結構都會崩潰，力流混亂互相攻伐，世界也跟著殞亡。

但這世界，多麼廣大。她一個人巡邏，可來得及？

在狐影玉簡之前，麒麟會回紅十字會復職，就是為了能夠得到第一手消息，掌握所有的異變。但她沒想到異變的範圍這麼廣大，居然包涵了整個地維。

但她很快的就將煩惱扔到一邊。煩惱又不能讓事情變好，那煩惱來作什麼？又不是明天就完蛋了。

哼。反正最壞也只是這樣，我偏要搗蛋一下。

沒多久，麒麟帶著明峰和蕙娘，開始了長達二十幾年的旅程。

在這個時候，還沒有人知道，禁咒師何以突然喜愛旅遊。而她播下的希望之種，直到很久以後，才有人明白她的苦心。

不過，那都是很遙遠的未來了。

臨行前，麒麟去跟舒祈告別。

「我不要知道。」舒祈眼睛底下有著淡淡的黑眼圈。「沒別的人可以告誦了嗎？妳也來，水曜也來，什麼阿貓阿狗都來交代後事，我還要不要生活？」

「我幫妳申請老人年金。」麒麟拍胸脯保證。

「……我還不到那個年紀！」舒祈忍了忍，「妳們告訴我這些也沒用，我什麼都辦不到。」

「得慕會記下來。」麒麟聳聳肩，「誰知道哪天會用到這些資料。誰也不知道那天是哪一天。」

「……這些對我的生活有什麼幫助？」舒祈喃喃抱怨，「妳乾脆告訴紅十字會。那麼大一個跨國組織，難道什麼辦法也沒有？總比告訴我這大嬸好。」

「妳當我沒說麼？」麒麟攤手，「他們還在慢騰騰的排議程，不知道要開幾千次會才要去調查真實性，再開幾千次會決定執行單位，然後再開個幾千次會決定怎麼辦……得了，我們自己辦快些。」

「要快，關鍵在妳小徒身上。」舒祈支著頤。

「嘿。」麒麟賊賊的笑起來，「難道就不在妳的食客身上？」

舒祈變色了。她保護司徒長達六年之久，這個嘮叨到讓她趕出大門去幻影咖啡廳打工的年輕人，經過這些年的相處，已經不是可以漠然處理的對象了。

「我罩的人妳也敢碰？」她冷下臉。

「彼此彼此。」麒麟回敬她，「妳我都明白，他們的命運由自己處理。妳別干涉我小徒，我不干涉妳食客，如何？」

舒祈面容漸緩。「……他在研究一個玉簡。」

「如果是破譯玉簡，我可以幫上一點忙。」她扔了片光碟給舒祈，「這是我年輕的時候整理的神漢辭典，還有一些我對咒的心得。雖然說當時還困在一個形式上，不過對入門者算是不錯的。」

她們彼此凝視，面容各異，但卻覺得非常相像。

舒祈收下光碟，「……這些孩子也不會知道我們用了什麼心。」

「誰讓我們罩的都是笨蛋呢？」麒麟垂下眼簾微笑，「將來是他們的時代。」

她瀟灑的揮揮手，踏出舒祈家的大門，之後再也沒有回來過了。

＊　＊　＊

旅程的第一站，是冰天雪地的北極。

「……我們為什麼要來這兒灌西北風？」出生在亞熱帶的明峰實在吃不消，穿著厚重得舉步維艱的衣物，搖搖擺擺的在狂風中掙扎。

「你走路像隻企鵝。」麒麟瞥了他一眼。

「……我和妳不同！我是人類，正常人類！這種冰天雪地還穿著細肩帶牛仔短褲才不正常吧？」他對著麒麟揮拳。

「才不是。」麒麟灌了口酒，「那是因為你不懂得用酒驅寒。」

「……我才不要變成妳這樣的爛酒鬼！」

麒麟懶懶的打了個呵欠，把明峰氣得飛跳。

「主子，別逗他了。」蕙娘無奈的勸著，「我們這樣千辛萬苦的來這兒做什麼？」

這些日子，蕙娘總有種沉重的感覺。雖然麒麟一切如常，但她轉生之後，卻老出現若有所思的模樣，又常常獨自出門，不知道忙些什麼。

她總覺得，麒麟雖然人還在這裡，卻像是隨時準備著遠行。

遠行到她去不了的地方。

麒麟站在風雪中，凝視著地面。「明峰，你仔細看著。這是為師的教給你最大的咒文陣。我們現在正在地維的最頂端，之後我會帶你巡邏所有地維的脈絡，安撫癒合龜裂的地維。現在這是我的工作，未來就是你的工作了。」

她突然這樣正經，讓明峰感到一陣恐懼。「……我去巡邏地維，妳呢？妳要做啥？」

「我？」她眼神失焦，卻只有一瞬間。「我當然是在家吃飯喝酒看漫畫啊。不然這麼辛苦教會你幹嘛？教這麼笨的學生很辛苦欸。你真是難得一見的人才……笨得這麼完全。」

「……妳不要以為我不知道啥是人才啊!!」

麒麟嘿嘿的笑，面容一肅。她在虛空抓了一把極光，在掌心緩緩滾動，當光亮到無可逼視時，她釋放了光源，像是藍色火焰般在雪地灼燒出巨大的咒文陣，寫著創世文字，發出微弱而悅耳的樂音。

取出鐵棒，幻化為無弦之弓，開始誦唱她的咒文。

「愛……勇氣……希望！」她嬌脆的嗓子拖慢了音，飛快的轉了一圈，「在愛與勇氣以及希望的名義之下！魔法公主，神聖誕生！」

「美、麗、聖、潔、弓箭～～！」

無弦之弓飛射出光芒，像是極光般光燦閃耀。像是和光芒共鳴，銀白的雪地震動，發出心跳似的啟動聲。原本蟄伏在極深地下的「虛」發出尖銳的叫聲，紛紛逃離了地維。

因為各界裂痕奄奄一息的地維，經過這個廣大的咒文啟動儀式，立下了最初的基礎。

沒有任何人類、眾生可以做到。遠古的時候，也只有女媧這麼做過。經過這麼長久的時間，付出極為沉重代價的麒麟，成為定地維的第二人。

沒有人發現，也不會有人了解。當然更不會有人知道，這位轉生的慈獸子嗣做了多麼了不起的事情。

明峰倒是漲紅了臉。「……為什麼巡邏地維必須念《小紅帽恰恰》的台詞？」

呃……「咒就是心苗湧現字句。」麒麟輕咳了一聲，「反正你照念就對了。」

「我不懂的都是咒？」他青筋浮現。

「知道就好。」

「……」

這時候的明峰，還不知道這個咒文陣的意義。若他知道世界的命運託付給卡通對白，他非當場昏倒不可。

十、飛翔

他們身處在一個廣大而黑暗的虛空洞穴之中。只有麒麟身上帶著淡淡的法術光，破開濃重的黑暗。

「法拉辛，別躲啦！」她淡淡的說，「太旺盛的好奇心真的害死你了。現在我倒後悔告訴紅十字會關於『無』的事情了。結果就是出現你這樣好奇過剩、企圖心又太強的死靈法師。」

黑暗的盡頭傳出一聲低沉的笑，像是可以凍僵人的骨髓。「禁咒師，妳又能拿我怎麼樣？我現在掌握了『無』和妖異的力量！既然我馴服了『無』，我即將成為救世主！這世界將對我伏首稱臣！我是……我將是……我將是永恆而絕對的存在！連神也必須對我臣服！」

他的每一句話，都讓黑暗更寒冷，更陰沉，讓聽到的人都兩腿發軟的跪下來。

正確的說法是，讓正常人類兩腿發軟。很可惜的是，他面對的這三個「人」，一個是殭尸，一個是徹底無感的純血人類，一隻是不怎麼仁慈的慈獸。

「我是不能怎麼樣啦。」麒麟掏了掏耳朵，「我對處理白痴向來不太擅長。」

一聲暴吼，黑暗中發起不祥的綠光，環繞著黑暗符文的巫妖法師尖嘯著，撲向麒麟。她眼神一黯，將身形壓低，衝了過去，避開了巫妖的闇法，手中的鐵棒無情的擊打了巫妖的腹部。

拿掉疼痛感的巫妖，卻因為這記重擊產生極度的恐懼。已經屈服於黑暗、屈服於「無」的意志，他以為已經取得最強大且絕對的力量，他不再感到疼痛，理論上也不該感覺恐懼。

但他害怕。像是這個泛著淡淡白光的禁咒師，籠罩著比他還深沉的黑暗。

像是要將他吞噬般。

這讓巫妖臉孔扭曲，他尖銳的吟咒呼喚隱藏在黑暗中無數的妖異和「無」的眷族。

「……哼。」麒麟湧起一絲冷笑，眼睛瞇細。揚起手裡的鐵棒，開始無情斬殺。她像是優雅的狂風，衝進宛如海嘯無止無盡的妖異堆中，酣然的揮舞著手底的鐵棒。

既沒有畏懼，也沒有仁慈。她無情的打碎妖異的形體，毀滅無的軀殼，手起棒落，一次又一次的輾壓碎滅又重新攏合的妖異和無。她是這樣狂、這樣狠，像是絞肉機似的絞碎眼前的一切，妖異和無的重生漸漸趕不上她的凶狂，最後成了黑暗裡堆積如山的衰敗粉塵。

巫妖獃住了。

他還沒成為巫妖之前，早就知道禁咒師的威名。但近幾年來，她一直很沉寂，聽說早成了一個頹廢酒鬼。但他從來沒有聽說過這樣純粹暴力的驅邪。

沒有持咒、沒有法陣，只憑一把一人高、不起眼的鐵棒，和恐怖的破壞力，就讓妖異和無碎裂到無法重生。

這是不可能的。

禁咒師將他逼到牆角，臉孔籠罩著無情的黑暗。「……妳也是！妳也是……」

「我早被吞噬殆盡。」麒麟冷冷的說，斬殺了他的意識。

一切都發生得太快，明峰目瞪口呆的看著走過來的麒麟。她粉嫩的頰上濺著幾滴血珠，看起來格外詭麗和殘酷。

他從來沒見過麒麟這種樣子。巡邏地維的旅程非常艱辛，常常得殲滅許多許多的無。難道這種無情的殘殺毀滅了麒麟？

「麒麟！」他擋在蕙娘前面，「麒麟！妳沒事吧？我是聽說過『斬殺怪物，小心自己也成了怪物』，但我一直以為是奇幻小說的台詞啊！求求妳快清醒過來……我不想弒師……」

他嚥了口口水。其實更可能的是，他和蕙娘被失去理智的麒麟宰了。他一直疑惑，麒麟的轉化可能出了什麼差錯，有種微妙的違和感讓麒麟似乎有什麼不一樣。

但他還真的不知道會是這麼糟糕的狀況。

麒麟依舊面無表情的望著他。好一會兒，她的眼神困惑了一下，恍然大悟。

然後從耳朵裡頭掏出耳塞型耳機，「我還覺得奇怪，怎麼你嘴巴一開一合，說話就說話，不出聲音做啥……」

明峰張大嘴巴，瞪著麒麟，又瞪著她手上的耳機。「……妳在這麼危險的狀況底下聽什麼隨身聽!?」

「增加工作效率嘛！」麒麟的表情很無辜，「就跟跳有氧舞蹈需要一點節奏的意思是一樣的。」

明峰一把搶去她的耳機，氣得口齒不清，「妳妳妳……」

「聽聽看嘛，」麒麟搔搔頭，很熱心的推薦，「消除壓力很不錯。」

到底什麼音樂可以消除麒麟的壓力？明峰狐疑的將耳機塞進耳朵裡……三秒鐘後馬上拔出來，摀著耳朵，蹲在地上，眼眶含淚。

「……妳聽重金屬需要開到音量的最上限嗎？」

「你懂什麼？在震耳欲聾的音樂中保持心靜，這也是一種修行欸。」

「……我不要跟妳修這種行。」

「妳該不會一開始就塞著耳機吧？」明峰又叫又跳，「我們在地維裡頭！這裡已經成了無的巢穴！更不要提一個自甘墮落的巫妖法師……妳有沒有自覺？妳到底懂不懂什麼叫自覺？妳到底知不知道有多危險啊～」

「怎麼可能一開始就戴耳機？我這麼愛好和平的人，當然會先談判看看。」麒麟不太高興，「實在是他太白痴了，所以我才把耳機戴起來增加工作情緒的。」

……所以說，妳不是在掏耳朵，而是在塞耳機囉？

「拜託妳認真一點！」

「我一直都很認真好嗎？」麒麟瞪他一眼。

妳很認真……明峰一陣陣發暈。他很想把麒麟抓起來搖一搖，看能不能搖晃出零點零一毫克，名之為「認真」的成分。

他怒火中燒，蕙娘悄悄扯了扯他的衣服，示意他噤聲。

「……蕙娘，妳看她啦！妳都不說說她！」

「由她去吧！」蕙娘將頭一低，「誰知道她還能任性到幾時呢……？」

他的火氣熄滅，被另一種惶恐的蕭索占據了。雖然表面上看來，麒麟一切如常，食量一點改變也沒有。雖說是慈獸，但她不禁葷腥。

「吃素就慈悲？嘖嘖……」麒麟這麼說，「植物的命比較賤？這是一種動物沙文主義喔。」

（「沙文主義」不是這樣給妳用的。）

但不管她外表看起來多麼正常，她的確有種奇特的氣氛，顯得冷漠、無法碰觸。鼓起勇氣跟她講，她只懶洋洋的抬起眼皮：

「你想碰觸我？對著師傅有遐想不太合適吧？雖然我這樣聰明智慧又美麗大方，堪稱男性殺手，但我沒想殺你欸。」

「……誰要讓妳殺?!不對……遐想妳的大頭啦！妳看我眼睛像是瞎了嗎?!」明峰用最大的聲量吼著。

等他被麒麟戲弄完了，才發現完全被模糊焦點。

但今天，她說，「我早被啃噬殆盡。」

被什麼啃噬？她轉化為慈獸真的成功嗎？

「麒麟，我一定要問清楚。」他緊握雙拳，「妳別想把我呼嚨過去。妳那句話是什麼意思？『我早被啃噬殆盡』？是被什麼啃噬？妳的轉化真的沒有問題嗎？」

麒麟睜開半醉的朦朧眼睛，「還能是什麼？就是咒啊。」

「……就說妳別想呼嚨我了！」明峰暴吼起來。

「嘖。」麒麟托著腮，「你沒看過《地海古墓》？這是阿兒哈的台詞。她身為累世無名者的女祭司，是黑暗的女兒。在這種情況下當然是最強的咒啊。跟我學這麼久，什麼時候你讓腦袋跟身體一樣聰明啊？」

「……求求妳改掉這種惡習！不要再把性命交給漫畫動畫、小說電動了！天哪～妳這是哪國的禁咒師啊～我跟妳這種師傅到底有什麼前途……」他沉痛的控訴半天，回頭一看……

麒麟抱著酒瓶睡著了。

……我到底是中了什麼邪，會想留在這爛酒鬼身邊呢？他越來越不懂了。

＊　＊　＊

跟著麒麟巡邏了一年整，麒麟就將明峰派去自行解決比較簡單的細小地維。

「老抱著我大腿成什麼樣子？你幾時要畢業？」麒麟無情的將他踹出大門，「反正英俊回來幫你了，別跟我說這種雞毛蒜皮的小問題你解決不了。」然後把他的背包和資料扔出來。

「……妳不要以為我不知道，妳下站要去巴黎，就怕我攔著妳喝酒！喝喝喝喝死妳！」明峰捶著門大罵，「蕙娘妳不要太慣著她，她這種喝法，不要說慈獸的肝，就算是上帝的肝也喝穿出幾個大洞了！麒麟，妳聽到沒有?!去巴黎不要泡在酒桶裡……我不想將來拿妳的屍體當酒母！」

罵到他自己腦神經幾乎斷裂，才在英俊的苦勸下，心不甘情不願的去搭車。

「……英俊妳來可以嗎？」氣一過去，他心頭湧起羞愧。英俊執意放下家庭來跟從他，他對堂弟和小姪女過意不去。「其實我一個人也……」

「我是你的式神呀！」英俊低下頭。她嫁給人類多年，已經習慣了人形。「主人放我這麼多年的假，已經太滿足了。」她聲音小小的，可愛的臉蛋愴然若失，「……還是主人不需要我了？」說著說著，就滴下眼淚。

「不不不，妳永遠是我心愛的小鳥兒！」他眼眶火速紅了起來，「只是明熠、臣雪……他們怎麼辦呢？」

發了一會兒的呆，英俊溫柔的笑笑。「臣雪上小學了，明熠也都按時上下班。他們自己會照顧自己……明熠說，我是職業婦女，我也這麼認為的。這個育兒假……已經太長。」

這樣是不對的。英俊想著。她既然發誓成為明峰的式神，就該不離不棄直到主人壽命終了。她另外成家生子，是主人的仁慈，而不該是常態。

嫁給明熠，她很幸福，生下臣雪，她很幸福。但這種極度幸福的家庭生活，卻有種失落，越來越擴大。

她想念主人，渴望主人的召喚。但明峰卻因為愛惜、不忍，總是自己去面對許多危險，總是緘默著不願意召喚。

會有一個人，總會有一個人，妳會崇慕他，希望跟隨他到天涯海角。這非關愛情……就像崇慕君王的將軍，願意為知己而死。他在內心的地位特別的重要，連自己的生命都可拋棄。

而我，是繼世者的式神。即使天毀地滅也該保護他到最後。

一路上，明峰一直很沉默。等上了飛機，他才開口。

「我若遣妳去很遠的地方，妳也會馬上抵達嗎？」

「只要是主人的命令，我就可以抵達。」雖然覺得奇怪，英俊還是回答了。

「若是我召喚妳，不管在什麼地方，妳都能來嗎？」

「只要是主人的命令，我馬上就會出現。」

明峰大大的鬆了口氣，露出笑容。「那好。以後妳每天的工作時間就是早上八點到下午六點，每週六日公休。臣雪是我第一個姪女……」明峰聳聳肩，「我不希望下次我去探望她，她會因為我搶走媽媽，拿掃把將我掃出大門。」

英俊愕然的看著他，「可、可是……從來沒聽過這種……」

「哎呀，妳不懂的都是咒啦！」明峰趕緊拿麒麟那套來搪塞，「我這樣安排自有深意，妳不是說過要聽我的話？乖乖照辦就對了。」

她眨了眨眼睛，卻眨不去眼底的霧氣。英俊抱著明峰，將臉埋在他的胸前，哭了起來。他輕輕嘆口氣，攬著英俊的肩膀。

*　*　*

遠在法國幽暗的地穴中，幾乎被侵蝕完全的根柢，脆弱得像是沙灘上的沙堡。這根地維幾乎完蛋。若不是搶救得快，很可能就在她們眼前斷裂。原本塞得滿滿的「無」，消亡得只剩下一絲絲殘渣，幾乎都被吞噬了。

「明峰自己去沒有問題嗎？」蕙娘疲倦的坐下來。這是場硬戰，連她這八百年道行的殭尸都感到不應該有的疲憊。

「安啦，有完全體的英俊在身邊。再說，他聰明的身體會保住自己的命。」在角落的麒麟發出懶洋洋的笑聲。

蕙娘垂下眼簾，不忍心看。

麒麟恢復真正的真身，卻不是慈獸本相。她成了一抹蒼青色的虛影，四只蹄沒入大地，正在吸收掙扎逃亡的「無」。然後將「無」消化之後，從額頭的兩只角紡出鞏固地維的「線」。

這就是麒麟付出代價的結果。

她現在介於「有」和「無」之間。她是慈獸，同時也是「無」的眷族。唯有怪物可以殲滅怪物，也唯有「無」可以吞噬「無」。

換句話說，她是活著的、眾生的「亡靈」。和尤尼肯相同。尤尼肯的肉體太早消逝，不然他也會跟麒麟一樣，跨在有和無，生與死的界線之中。

也如同尤尼肯，因為麒麟的意志極度堅強，所以沒有讓無侵襲感染了瘋狂毀滅執念。

但，可以堅持多久呢？

「尤尼肯堅持了好幾千年，我想我應該也沒有問題。」麒麟淡淡的。

「……妳讓明峰自己去，是不想他看到妳這個樣子吧？」

麒麟沒有回答，抬頭望著雙角紡出去的無數絲線，將斷裂的地維修補起來，導正開始紊亂的力流。

這是不懷好意的未來之書給她的建議。而她，接受了。

與其去扭曲明峰的意志，獻祭他的人生，還不如試試看這條路。創世者創造了純血人類當作虛無的希望，嘲弄這個必定傾覆的世界，她偏不要如創世者所願。

「我啊，就是不肯服輸。」她沒有正面回答蕙娘的問題。「我就是要保住地維，怎麼樣？不爽咬我啊，未來之書。」

你可以給我惡意的建議，我也可以讓惡質的建議達到最佳化。

我就是，不要服輸。

「蕙娘，若我真的輸了，妳想去什麼地方，就可以去什麼地方。」麒麟的聲音很平靜，「現在要離去也可以。讓妳面對這樣的我，的確太殘忍。」

「麒麟妳說這些，我不愛聽。」蕙娘抹了抹臉上的淚，望著扭曲蕩漾，宛如幽魂馬似的麒麟。

「嘿！蕙娘，妳也是不服輸的人啊！」麒麟笑了笑。

後記

麒麟和明峰一起俯瞰荒漠上的營地。

他們在戈壁沙漠的某處，寸草不生的荒涼中，孤零零的營地一片死寂。

距離麒麟尋求轉化已經過了十年。原本無人相信的「無」，漸漸猖獗起來，逼得紅十字會和各國政府不得不重視。

紅十字會驚覺麒麟所言不虛，忙著亡羊補牢；但屬於國家的政府卻未必有這樣的遠見。

他們比較感興趣的是「無」的可塑性和極強的能源。在能源逐漸枯竭的人間，科學家發現，遠比核能安全、乾淨的「無」蘊藏著無比巨大的能量。千變萬化的「無」可以經過轉換，就可以代替不穩定的核能，還不用另行改建發電廠。

「無」被稱為「擬物質」。不是物質，但可以擬態成任何物質，甚至生物。許多政府開始祕密的研究「無」，或從紅十字會、夏夜挖角高強法師與研究員。

在極大的利益之下，紅十字會聲嘶力竭的警告各國政府視若無睹，更糟的是關係日漸惡化。但嘗了一些甜頭之後，惡果也漸漸顯現。

就像現在。戈壁沙漠的「無」離地表很近，成了研究和採樣的最佳地點。但六天前，這個營地就對外斷了通訊，該國政府擔心珍貴的研究成果被剽竊或其他意外，派遣了一旅軍隊過去。

然後在驚恐的求救之後，又音訊全無。這營地共吞噬了四旅的軍人，卻還搞不清楚發生什麼事情。

這種時候，實在顧不得面子，政府放下身段，低聲下氣的向紅十字會求救。這個任務，落在麒麟頭上。

「我對應付白痴真的不擅長。」麒麟喃喃的抱怨。「想利用『無』？他們怎麼不考慮用人類的『貪婪』發電？保證能量強大，在人類滅亡之後大約還可以維持個幾百年。」

明峰沒理她的抱怨，左眼發出光燦的紅。「……麒麟，有人……還是說有東西在活動。」

麒麟停下抱怨，凝聽著。「……『無』也會進化。很糟糕，非常糟糕。我就說人類的執念才是最危險的咒……」

她走回吉普車，乒乒乓乓翻了半天，等她走回來，明峰的眼睛都直了。「……妳幹嘛搞得跟蘿拉一樣？」

背了一身重武的麒麟若無其事，「這最符合等一下要發生的事情。欸，你玩過『惡靈古堡』沒有？」

「……什麼？」明峰以為他聽錯了。

「不重要……保住你自己的命。」麒麟心不在焉的回答，將耳機塞進耳朵，「Ready Steady Go.」

「……妳說啥？」明峰瞪著他越來越不了解的酒鬼師傅。

她扛起巨大的火箭砲，華麗的炸進那個營地。然後足不點地的飛馳，一面用嘴咬掉手榴彈的插銷，一面丟出手榴彈，左手還不斷的開槍。

原本沉寂的營地像是炸翻的馬蜂窩，滾燙的沙地冒出無數腐頭爛腦的殭屍，前仆後繼，發出尖銳的嚎叫，撲向麒麟。

「妳到底知不知道自己在幹嘛?!」明峰瞬間趕到，揮起玉笛，輝煌的霧氣宛如巨劍，在腐爛的殭尸中殺出一條血路，「妳不能謹慎一點？妳一定要這麼華麗的開場？天哪～」

他吼了半天，瞥見麒麟耳朵上塞著的耳機，一股悲憤上湧。

我幹嘛當她這麼多年的學生啊?!

所有的怒氣發揮到敵人身上，他的光劍越發凌厲，斷臂殘肢滿天飛舞。

麒麟對他笑了笑，充滿可愛的邪氣。她不曉得動了什麼手腳，巨大的火箭砲居然冒出熊熊的火光，怒吼著奔向數不清的殭尸。

在狂燃的淨火中，殭尸紛紛哀號，扭曲掙扎，最後靜止不動。

……為什麼會有這麼多殭尸？

「妳早就知道嗎？為什麼……」

「猜的。」麒麟淡然的說，「這些笨蛋在研究『無』轉化為『病毒』的可能性。」

望著狼藉恐怖的光景，明峰登時語塞，強烈的無力感湧上來。

為什麼……要做這種愚蠢的事情？為什麼貪婪和野心從來不肯止息？

「所以不讓蕙娘來啊。」麒麟把火箭砲扛在肩上，「好了，收工。」

當晚，他們在一個即將乾枯的綠洲紮營。明峰瞪大眼睛，卻怎麼也睡不著。這幾年奔波，他知道的事實讓他越來越充滿無力感。他們的努力，真的有用嗎？

我堅持著自己的想法，真的是對的嗎？

還在火堆邊小酌的麒麟，瞥見他走近營火，「幹嘛？累過頭睡不著？明天還要開很久的車欸……我可不要開車。」

「我開啦！」明峰沒好氣的回她，靜了半晌。「……麒麟，我錯了嗎？」

「什麼啦，不知道。」她喝著粗劣的酒，柔白的臉孔有著不羈的倔強。「誰知道什麼錯不錯的……我只遵從我心啦。你的心呢？你想走上什麼道路？」

「……我想成為禁咒師。」明峰猶豫了一會兒，堅定的回答。

睇了他一眼，笑了。「那不就結了？喂，把你的琴拿過來，彈一首〈廣陵散〉給我聽聽吧！」

怎麼會突然跳到這邊來？所以說，雙子座的人就是詭異，什麼宇宙電波亂跳一通，思維亂七八糟。

但他依舊聽話的拿出古箏，調了調弦，開始彈奏。

這幾年，麒麟跟他或分或合，風塵僕僕的鞏固地維、誅殺「無」和「無」的眷族。麒麟漸漸的不那麼愛看動漫畫，反而喜歡聽他彈琴。

「聽你彈這麼多年，結果錯誤還是一大堆。」麒麟向來很挑剔。

「……」其實妳不是喜歡聽我彈琴，是喜歡彈完以後吐我槽吧？

「你真的是天才琴姬的關門弟子嗎？你真糟蹋了羅紗的名聲。」

「麻煩妳閉嘴好不好？」

（禁咒師卷陸 完）

番外　阿旭

我，有病。

寡人有疾。

他猛然的醒過來，窗外的霓虹燈閃爍，連黑暗都不夠純淨。一時不知身在何處。空氣中飄蕩微微的花香，他才想起睡在身旁的是認識不到一天的花妖素馨。

疲憊。沁入骨髓的疲憊。

他下床沖了個澡，穿好衣服就走了。跟精靈妖怪相交就是這麼乾脆，你情我願，各取所需。合得來就多好幾天，合不來就瀟灑說掰掰。

可惜覺悟得太晚。

走入異國的街道，市聲漸消，只有慘白的路燈一路相隨。

還是疲憊，那疲憊已經滲入魂魄。

站在異國寂寞的街頭，他茫然了。

不知道要去哪裡。天地之大似乎無處容身。

他拿出手機，撥號。沒接就再撥，非常有耐性。

每年總有那麼幾天，向來玩世不恭的他會被這種刻骨的疲憊困擾，痛苦不堪。

我有病。寡人有疾。

終於，在努力了一個鐘頭後，撥通了。

「……你知道現在幾點？」不但手機裡的聲音飄鬼火，手機外殼也開始飄雷火，霹哩啪啦的，拿著手機的手都開始發麻。

「麒麟，」阿旭忽略了這小小的不適，聲音很委屈，「親愛的。我好難過，咱們結婚吧……」

「這樣撒嬌兒要不得。」轟的一聲，來了個迷你版的九重劫雷，雖然力道已經削弱得很迷你，但是劈下來也跟挨了高壓電沒兩樣。手機當場灰飛煙滅，幸好阿旭底子好，功力深厚，不然不會報銷上衣就了事。

阿旭心情好多了。麒麟裝得很凶，其實還滿顧念他的。

最後他還是叫了鬼車回家，畢竟有點燒焦，走在路上太引人注目……惹來警察還是小事，萬一惹了記者大人們那才真叫萬劫不復。

剛到家，還沒上藥呢，電話被凌空火符一炸，麒麟的聲音清醒多了，「喔，我忘了。又到日子了是不是？」

「嗯。」阿旭有些低落，「這病，斷不了根吧？」

「知足吧。」麒麟懶洋洋的說，「多少男人羨慕你都羨慕不來。種馬啊，還金槍不倒可夜御數女之類！開後宮必備條件。你還特別種。」

阿旭笑了起來，「……是啊，就是。」

他有病。他的病古時候曰「寡人有疾」，在中醫的說法叫「淫威」，西醫學名叫「性欲亢奮」，通俗點就是，種馬。

阿旭的情形還更嚴重一點，可以說是時時發情、精力異常充沛的種馬。

聽起來挺讓人豔羨的，是吧？最少男人挺豔羨。偏偏他還挺帥，陽光俊朗，體格是一等一的棒，雖說房中術不是他們門派的專精，起碼也算個選修，想開個後宮可謂天時地利人和，一般男人有這條件應該做夢都笑醒了。

但阿旭少年時卻為這毛病差點自殺了，最後才被拽來麒麟這兒拜師，求學兼求醫。到底是為什麼，至今原因不明，連神通廣大的麒麟都沒解開這個謎。

誰得病誰才知道當中苦楚。想當年，阿旭犯病就犯在青春期，是個害羞靦腆的美少年，還是嚴管勤教，儒道釋三管齊下，道德標準超高的，準備當下任掌門人的人。

結果好了，只要是女的，不當心碰到他，立刻起反應。一開始還只是尷尬，之後不得了，強忍著想保有童子身，痛苦的打滾還死死瞞著，意圖閉關，一個母的都不見，硬撐過去。

最後挺慘，走火入魔，險些死在閉關處。幸好他師父來瞧一眼，不然他可能成為第一個「因種馬未遂而死」的倒楣案例。

好不容易把命救回來，功力也沒丟太多，但是他這病卻更沉重，到看個碗都會發病的程度了。

道門嘛，都會有些清心寡欲的方子，自家的吃沒效，他師父天南地北跑了一圈，多少苦藥湯下肚，還是像擔水澆石頭——沒有用。

這下子，師門整個慌了。

阿旭他師門倒不是那種出家道士，能夠結婚的。但他格外不同，是預備當下任掌門。就是因為他天賦異稟，大概保持個三十年的童子身就能把基礎打好，之後就能結婚生子了，掌門成家兩不誤，還不耽擱當中出公差斬妖除魔，何等上算……

誰知道地基才開始挖就得這種種馬病啊?!

其實打擊最大的是阿旭。誰能明白他那種自感禽獸的震驚和痛苦。對青梅竹馬的小師妹起反應，還可以說是窈窕淑女君子好逑，看到師娘起反應……師娘比他媽還大二十歲！

這有多禽獸才辦得到啊？

所以他關門不出，心情異常惡劣的和這鬼毛病抗衡，無奈情況越來越糟。起初還是自己來，把自己折騰的脫皮。師父實在不忍心了，扛著跪洗衣板的危機，冒險帶他上了次查某間。

本來想說，掌門跟性命，還是性命要緊。堵不如疏。結果沒想到洩洪得太厲害，差點鬧出人命，還是師父衝進去把他打昏，不然小姐要讓他蹂躪死了。

師父扛他回去，自然逃不過師娘的洗衣板。你以為這是最糟？

不，還有更糟。

在他昏迷的時候，阿旭他媽媽和妹妹來看他，醒過來看著老媽和妹妹，他掉了眼淚，然後……差點當眾自宮，真的是要發瘋了。

情色小說挺喜歡寫亂倫這題材，其實正常人的心理哪有那麼強大。對自己的老媽妹妹都會硬起來，罪惡感都能把自己殺死。

意淫挺美好，事實超殘酷。這打擊真的太巨大，阿旭崩潰了，他逃出師門，也沒回家，開始他荒唐浪蕩的種馬歲月。

一開始，還行。他儘可能化整為零，多勾搭幾個，淺嘗輒止，滿足欲望還不傷人。但是他這病，像是血肉飼獸，只會把內心的野獸越養越大。當時的社會風氣又保守，只能往銷金窟去了，他一個逃家少年，哪有那麼多錢能花。

這段日子他是怎麼過的，阿旭一直三緘其口，連麒麟都問不出來。逼急了他只說他無愧天地良心，也沒有傷害過任何人。

「頂多吃的飯比較軟，還是很多家的軟飯。」他自嘲的說。

後來是他幾個師弟合力把他抓回來……能抓到他也是因為瘦得只剩一把骨頭，活似個癆病鬼，掏空的厲害。

他能自暴自棄，可師門哪能真的撒手不管。剛好麒麟手上的學生要畢業了，師父把他捆著拽著硬插隊去拜師了。

這對阿旭來說，真不是個好消息。

當代第一並且唯一的禁咒師麒麟，不張嘴時美得宛如天人。家裡養的式神，是八百年大殭尸蕙娘子，妥妥一個嬌婉柔雅的古典美女。快畢業的那個學生，在紅十字會任職，正經龍虎道子弟，卻是個金髮碧眼的火辣美人兒，名為莉莉絲。

連阿婆都能發情的阿旭，掉到這個美女窩，每一個武力值都超凡入聖，只能看不能吃，不爆體而亡，恐怕也得折壽很多……或被這三個只有皮是美女的活閻羅打死。

但是阿旭他師父已經束手無策。送到禁咒師那兒，大概還有九死一生的機會，任阿旭自暴自棄，能不能活到年底還不知道。

最後阿旭和三鐔正宗阿美族小米酒一起留下。跟了麒麟五年，這個讓他差點直接間接自殺的病，雖然沒斷根，卻控制在一個能夠在外行走不出醜的程度，一年年緩和了，道行還一日千里，最終到紅十字會工作，頗受重用……真是個奇蹟。

可到底怎麼治的，阿旭閉口不談，身為同學的莉莉絲顧左右而言其他，蕙娘但笑不語。

問到麒麟，她抱著酒喝，甩出一長條列得密密麻麻的酒單，「想知道？這些酒都來就告訴你。」

其實大家都想得太神祕，懶斷骨頭的麒麟只會說「大法自然」，然後就把阿旭放養在家裡了。

她唯一動手做的事情就是，把阿旭打了一頓……不是，跟他交手，摸摸底，就把「通鬼」這門道教給他，他也的確這方面特別優異。

所謂通鬼，就是跟陰間打交道，包括了召鬼、觀落陰等等。阿旭最厲害倒不是捉鬼之類，他不犯病的時候交際手腕很高超，通鬼這偏門讓他玩出新花樣，金錢開道，講白了就是賄賂專精，搞不好都枉死城崇拜了，這手玩得出神入化。

不要覺得賄賂很不入流哈，這也是門高深的學問，不是你想送錢人家就會收的，有時候全是白燒，有的還燒過去變偽鈔，要怎麼正確的燒冥幣就值得學個十年八年出不了師，燒了冥幣人家敢不敢收又是個大哉問。

要像阿旭這麼吃得開吃得轉……正經說，麒麟都趕不上。之所以看起來麒麟似乎比較厲害……只能說阿旭是個斯文人，而麒麟更擅長舉起棒子。

「活人束縛重重，女人更倒楣一萬倍。」麒麟見他有小成，懶懶的建議，「死人不講這些臭規矩，你不如去『神交』一番。」

「……我不懂。」這時候的阿旭還很消沉、自棄。

向來打阿旭像打兒子的麒麟，露出罕有的溫柔。「照你這進度，跟活的女人上床，三妻四妾的名額都不夠你用的，可這時代，誰願意跟人共用男人？你又不是世界百大首富。再說吧，人心是最難掌握的。事前說得再怎麼清楚，這種社會制度下，就算是賣皮肉的，萬一動孽緣，這因果你打算怎麼還？」

阿旭望著她，心裡湧起一股濃濃的哀傷，和深深的感悟。其實他經歷過，也痛苦過。只是又屈服於幾乎要把他逼死的欲望，沉淪的自己唾棄自己。

麒麟晃了晃酒杯，「最重要的是，我自覺醫術還不錯……」她異常坦白的說，「但我不會治梅毒。跟死人睡就不會有這個困擾了。」

「……………」

跟了麒麟五年，阿旭一直不懂自己的病情是怎麼緩和的。麒麟正經教他，能拿得出手的，就是通鬼一道，其他就是一些，看似非常不靠譜的胡扯。

但是這些不靠譜，卻讓他高漲的焦慮漸漸疏散出去。的確，人都死了，條條框框的規矩幾乎都作廢，枉死城的女人大膽奔放多了。觀落陰的去滾床單，雖然有隔靴搔癢的感覺，但數量彌補質量……而且不是肉身上場，健康很多。

後來他多半和異類來往，道德觀鬆弛而且平等，不存在誰上誰，只有同赴魚水之歡，而不是心懷歉疚。

很久以後，他回想跟隨麒麟的歲月，才知道為什麼他能超脫出來。

因為麒麟她們，沒有把他當成怪物。在他無法控制自己的生理反應時，她們明明知道，卻視若無睹，像是一切，都很正常。

在他把自己當成可怕的怪物時，她們卻拿他當正常人看待。

尤其是麒麟，那麼若無其事面不改色的告訴他，該怎麼跟異類滾床單，防止對方採補的各種訣竅。

說那些應該面紅耳赤的注意事項，她的神情卻無比自然，好像在說「今晚我想吃牛排配紅酒」般輕鬆愉快。

而不是污穢、低賤。是再自然也沒有的事情。

剛畢業的時候，他對麒麟還沒有那麼深的感情。就是，非常感激。不是麒麟的話，他根本沒有希望。

現在，他宛如新生。他能回到師門，也能回家看看。

雖然他很少叫師父或老師，但他對麒麟的尊敬絕對是「一日為師終生為父」，何況麒麟教了他五年。

「不要高興太早，」麒麟睜開微醺的眸子，靜靜的看他，遞給他一個紅十字會的電話號碼，「現在才是開始。」

這個時候，他還不懂。

暴躁狂亂的欲望終於能控制了，他不會隨便起生理反應。有紓解的管道，一時找不到精靈妖怪的相好，也能觀落陰去找枉死城的相好。

他馴服了內心的野獸，終於可以正常過日子了。

可這只是他片面的願望而已。

回到師門，他發現，他幾乎失去一切。下任掌門另選了一個師弟，青梅竹馬的小師妹，不但嫁人，孩子都開始學走路了。

師父外出雲遊，幾乎沒什麼人跟他講話。師姐師妹都躲著他走，師娘跟他要距離三公尺才敢打招呼。

他回家，想摸摸妹妹的頭，卻把她嚇哭，媽媽推了他一把。

阿旭對著自己笑。哪，當種馬應該很讓人羨慕才對。他紅粉知己可多了，後宮可是無比龐大。

但除了這條命以外，什麼都失去了。

其實他也知道，大家都想裝得很自然的跟他相處，就是這樣，才特別不自然。

想想也是，他自暴自棄的時候，雖然避而不談，既然師弟將他抓回來，總是能打聽到些什麼。靠酒家小姐吃軟飯，能是什麼好聽的？還是很多酒家小姐。

後來還更糟，跟女人混不夠，還跟異類妖精混了。幸好精通觀落陰的很少，不然還跟死人混上了。

他沒辦法解釋，因為他的氣強，不想上一個死一個，就必須不斷換人，不能連續同一個。聽起來多麼像藉口。

最後他只能離開熟悉的一切，遠赴紅十字會。異國對這種事情比較不在乎，他才能，也不在乎。

於是他成為一個風流浪子，學會了各種調情，悅己悅人。有段時間，他還滿愉快的。

但是有一種疲憊，點點滴滴的堆積上來，身體沒有問題，但是他的心靈卻承受不住這種虛弱的疲憊。

每一年有幾天，他都覺得自己會被這種疲憊壓垮。那是一種，連活下去的力氣都沒有的，疲憊。

他打電話給麒麟。

「虛耗。」麒麟剛好醒著，「不，不是你的身體，而是精神。我說過，畢業只是個開始。你如果不知道什麼是虛耗……這麼說吧，性工作者容易老。」

她沒有多加解釋，但他覺得，他懂。

阿旭沒有說話，他沉默的等麒麟掛電話。但是她雖然也沒說話，卻一直沒掛。二十分鐘後，他說，「再見。」

以為麒麟將電話放在一旁，卻聽到她說，「再見。」

其實她脾氣不好，當她學生的時候，常被她揍得跟豬頭一樣。

但是，她很溫柔，真的很溫柔。

* * *

每年疲憊焦慮大爆發的時候，他就會打電話給麒麟。

這個喜怒無常的禁咒師，心情好的時候會跟他說兩句，心情不好的時候，可能會炸火符，或者是迷你版的九重劫雷與其他，而且往往會挨罵。

但他會覺得好多了，還能重鼓活下去的力氣。

第三年，他很誠懇的打電話給麒麟，然後挨罵。更誠懇的說，「麒麟親愛的，妳嫁給我吧。」

麒麟嘆氣，「我真是太聰明可愛美麗大方，人人都會愛上我。去跟蕙娘領號碼牌吧。要是沒記錯，你是第一千零一個求婚的人。這還是有膽子求婚的呢，暗戀的我們就不要統計了。」

果然是麒麟。果然是，我最喜歡的人。果然是，能擺放在心底最乾淨的角落，小心翼翼珍藏的人。

這種心情，他一生都沒有變過。

關於宋氏家族

茅山派的宋氏一家起源不詳，傳說是茅山開山始祖的九夫人胞弟，但年代久遠，已不可考。

歷經戰亂，五百年前劫後餘生的宋家始祖舉家歸隱，後來子孫凋零，於兩百年前遷居來台，當時共有五房，由嫡房繼承茅山派道術。

除了嫡房和四房，其他漸漸失聯凋零（子孫不眾，且有外出修道不思婚嫁者），嫡房被稱為「本家」，四房被稱為「分家」，綿延四代，血緣漸行漸遠，但依舊有聯繫。

宋氏一族身有異稟，時常出現出類拔萃的道士高人，但拒絕為權貴所收服，往往因此遭禍。因此祖上立下嚴訓，不可仗此異稟維生，僅可濟世救人。

即使典籍法術漸漸亡失，宋氏一族依舊遵循組訓。

族內取名有其排行：雪、臨、清、少、明、臣、墨、謁、吾、生。

＊　＊　＊

與《禁咒師》有關的宋氏家族如下：

宋清松：四房家長，居長。修道頗有成就，有修仙的可能，卻在五十歲那年墜入愛河，娶身為天主教徒的段艾霞為妻，後生子宋少劾，宋少劾生女宋明玥。論輩分，他是長房嫡子宋清庚的同宗兄長，並時有往來。

宋明玥：宋清松孫女，跟從宋清松，小有慧根。宋清松教導這位早慧的少女不遺餘力，可惜天年所限，撒手西歸，宋明玥幾乎只能自修。後來劫後餘生的殷曼拜她為師，其實只能算是共修而已。之後拜崇水曜為師，認真修道。

宋明熠：四房僅存的男孫。他是宋清松的弟弟宋清柏的孫子。論輩分和明峰同輩，是同宗堂兄弟。但宋清柏之子宋少毅娶了宋清玲的女兒秦孟音，生下宋明熠，所以喊宋清庚為外公。

※在《妖異奇談抄》（又名《幻影都城》）的第二部《歸隱》中提到，他們並非本家。

＊　＊　＊

宋臨彥：嫡房已故家長，排行老大。育有一女一子。長女為宋清玲，長子為宋清庚。宋清玲嫁予秦家，生女秦孟音後猝逝，其女由宋清庚養育（未改姓）。

宋清庚：嫡房家長，排行第二。因為天賦繼承家業。和之前凋零的前代不同，他子孫眾多。（可能是近代人不修道了）他育有四子女，三男一女，又收養姊姊的女兒，共有五子女，子女也各有生育，共有孫子女十一人。他謹守家業，雖然沒有修仙的天分，卻也益壽延年。他的三個男兒都學習道術，尤其三子少霖特別有天分，但他的子孫中，最為出色的是宋明峰。

宋少霖：宋清庚三子。他擁有特別的天分：「召鬼」。說是召鬼，其實是異族，所在之處，幾乎都會成為異類聚集的場所。這本來是宋氏共有的天賦，但在他身上卻特別明顯，後來他娶了分家血緣極遠，卻有抑鬼天賦，原本立志當道姑的簡霜秋為妻，生下宋明峰。這個孩子繼承了宋氏最濃郁的血緣。

宋明峰：《禁咒師》的男主角，宋少霖的獨子。他繼承了幾乎完整的召鬼天賦，不得不成為道士，以求保命。後來成為禁咒師麒麟的弟子。

宋明琦：宋清庚二子之女。頗有天賦，但長輩替她推算，認為她不用修道自有其道，所以取名「明琦」（明其的諧音）。她跟從明峰很短一段時間，後來自修考上學士後警官班，成了一名稀有的靈異女警官。

＊　　＊　　＊

其實我不知道做這些苛細到一點用處也沒有的設定做什麼。或許唯一的功能是自虐。

當初我在寫的時候就隨手把設定用上去，並不覺得該解釋。不過宋氏家族一出現，我就非常自虐的把這些都想了，並不是事後硬凹。（聳肩）

雖然一點用處也沒有啦……

還有，別叫我把族譜攤出來，或者問我宋明理是誰，是，我有設定，但讓我寫百萬設定集實在太殘忍，別這樣吧……

宋家每個小孩都有故事，我前傳都寫不完了，還寫到傳外去，我想我真的會死。本來想回文，但是回文實在是不夠寫啊。

設定有誤我會承認，我也有嚴重的人名健忘症，常常寫著寫著就把姓氏誤植，這我承認。但是隱藏在冰山下的龐大設定…真的寫不完啦，嗚嗚嗚……

（再看不懂我也沒辦法了……）

2007.10.10 蝴蝶

茅山派　宋家

五百年前歸隱。二百年前遷居來台。
原有五房，後來只剩長房與四房兩支。

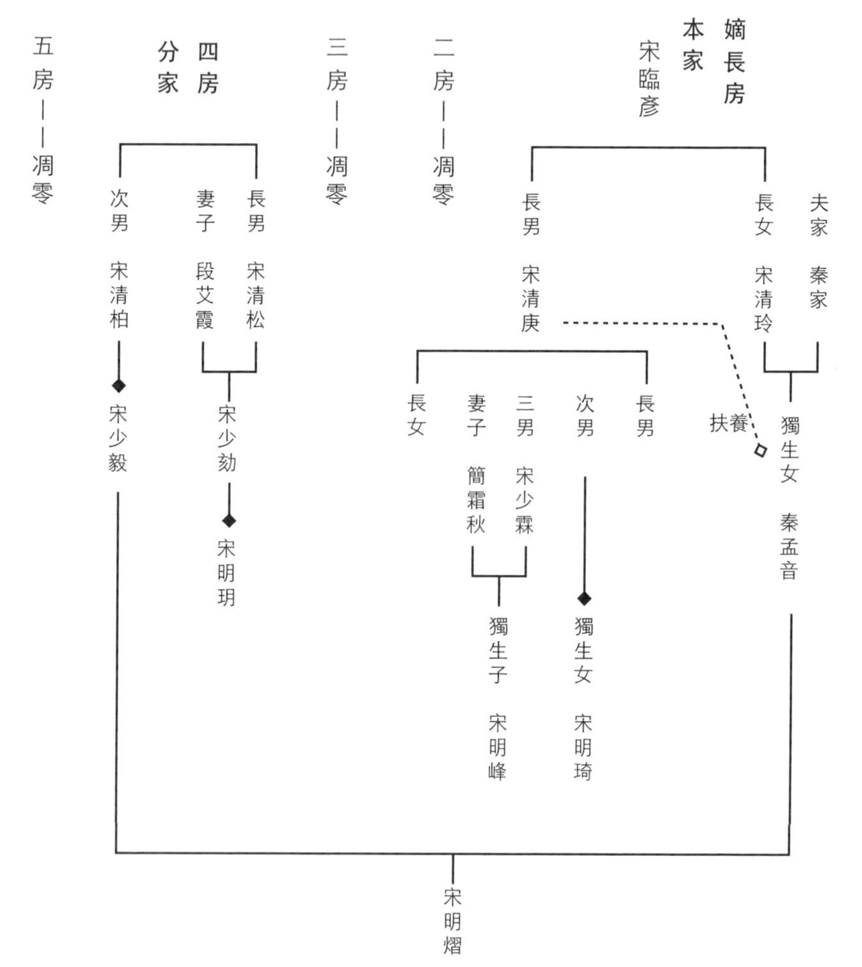

關於火之女

火之女的觸發是因為《蟲師》動畫的嘯春。

（好，我知道看起來一點關係都沒有，只有不斷下雪的山村。）

只是看完了，想來寫篇小說代替感想。

在我火焰熄滅之前，曾經是背德非行的惡女，雖然是遙遠如上古時代的事情了。有一些晦暗幽微的心情，在很久很久以前，一些莫名的邂逅和體溫。

當然這是正常人不能瞭解的感受，但我也失去了描繪激情的能力，畢竟我熄滅已久。

但有些時候，並不是那麼複雜。很多時候戀情，根本只是非常稀微、奇妙的小地方，有些時候只是一句話，有些時候只是一個眼神，或是那天下了雨，甚至只是玻璃窗的倒影，他的微笑。

一點道理也沒有的陷入戀情中，一點道理也沒有的，接受了那個人。

也可能是，準備好了，當有人來敲門，就無可無不可的，讓他進來。

＊　　＊　　＊

其實這也算是設定集的一部分，但我不是寫設定集的那一型。本來不想提是寫哪部分的設定……但在禁咒師六裡頭當附錄，自然還是得說明一下。

《禁咒師》、《妖異奇談抄（幻影都城）》、《舒祈的靈異檔案夾》等等，都統合在相同的設定下，與我們現世相彷彿卻架空的世界中。事實上，這個世界（暫稱為舒祈系統世界）還有個姊妹世界（暫稱為神族系統世界），也就是神族四部曲的基本設定。

〈火之女〉就是神族設定中非常細微的一環。

我相信已經有很多讀者拼圖拼到要起笑了，但不要擔心，禁咒師第七部、妖異奇談抄第七部，就是最後的完結篇了。我應該會讓這兩個世界的最後結局一起完成，只是一個在人間，一個在東方天界而已。

雖然不是將所有設定都寫完了，但基礎輪廓已經大致完成，我也可以了個心願。

至於〈火之女〉……我承認這個突然闖進心海的故事很得我喜愛。但長期觀看我文章的讀者可能就知道，「歡笑」一直不是我文章的主調。我個人是個比較陰鬱的作者，禁咒師後來滲入的沉重哀傷，才是我真正的面目。

〈火之女〉很沉重。或許，在遙遠的未來，我會想把她發展完畢，但翻閱工作日誌，我想那真的是非常久以後了。

且讓她在這裡登場，也讓我銘記這段辛勞趕稿，幽微而哀傷的疲倦。

也以此篇漫長的附錄，代替我《禁咒師卷陸》的後序。

火之女

那年冬天，非常的冷。

雪花不斷的飄下來，幾乎將大門都埋了起來。

這是個南海島嶼的山村，相對於其他貧瘠窮困的村落，因為地氣溫暖的關係，擁有著富裕的收成。據說是因為這個山村擁有火神眷顧的緣故。

山村位於叢山峻嶺的山谷內，觸目所見都是高聳的山峰。雖說穿過山道，行走半天就可以到達海洋，但這島嶼的人依舊把海洋看成應該畏懼的猛獸，寧可藏身在險峻的山嶺中開闢梯田或打獵，也不願意操舟捕魚。

只有那沒有土地，漂泊無根的人才當漁夫。這種對海洋的畏懼，使得這個稱為信島的島嶼分外封閉無知。

這個名為「焰」的山村，儼然是這島嶼的中心。他們掌有文字和信仰，備受崇拜的聖火，就在這山村村口正對的母峰，由代代選出來的聖女服侍保管，永不熄滅。

每代聖女臨終前的春天，都會夢見下代聖女的出生年月日和長相，據說沒有錯誤過。該年冬天，聖女就會逝去，而新的聖女則被迎接過來，獨自保管聖火。

怎麼看，那都是普通的火焰。在高大而空曠的木屋中，正中間是個極大的地炕。其中是永遠不可熄滅的火苗。雖然外觀這樣平凡無奇，但信島每個人都相信，只要火苗沒有熄滅，四季就會如常，大海也不會吞沒信島。

這一代的聖女十歲就來到這個空曠淒清的火殿，六年就這樣過去。雖說聖女必須獨身，但這封閉山村卻沒有必須守貞的觀念。只是很奇妙的，成為聖女、喝下誓酒之後，就不會再產下任何子嗣。

山村裡的青年在未成家之前追求聖女並不是什麼罕事，所以，當那個人來敲她的門時，她以為又是那票浪蕩子。

「喂喂，我說過多回了吧？我對那檔子事沒有興趣，」她挨著門喊，「真的忍不住了，海邊的漁女很樂意賣身吧？背袋米去求歡！再煩我就燒死你們！」

半晌沒有動靜。難道是雪的玩笑？她狐疑的看著結實的木門。只有雪不斷落下的沙沙聲。

然後，她聽到一聲輕笑。

「妳會讓陌生人進去避雪嗎？」門外的人輕鬆的說著，「妳不開門的話，我快被雪埋起來了。」

瞇細了眼睛，她考慮一會兒，打開了門。

風雪刮了進來，立刻在地板上融化了。那是個年輕的男人，但她說不準幾歲。她見過的男人並不多，但她肯定，這既不是山村裡的人，也不是海邊的漁民。

穿著漆黑的狐皮，眼睛濺著閃爍的火光。臉孔很平凡，但是內蘊的氣質卻令人難以言喻。

像是個帶著面具的王者。

她啞然失笑。除了書裡面的遠古記載，他們這荒島已經近千年沒見過王，她又怎麼知道王者是什麼樣子的？

鬆手讓他進來，陌生人意外的高大，得低頭才進得了屋。

「這種天氣，不像是旅行的好天氣。」她讓陌生人坐到聖火邊，在鐵鉤上掛了茶壺。

「我整年都在旅行。天氣本身並不覺得他們有好壞吧？什麼樣的天氣叫做好，什麼樣的天氣叫做不好？」陌生人沉穩的盤膝而坐，篤定的微笑著。

她開始覺得有意思了。「哦？是旅行者？那你是來參拜聖火的嗎？」

「我為什麼要參拜屬於我的東西呢？」他頗感興味的看著她，「不過經年旅行，我想要休息一下。」

聖火屬於你。她彎起嘴角，「聖火屬於火神。」

「你們這麼稱呼我嗎？好吧，我就是火神。」他笑笑的，碰了碰她額上的髮，「妳是我的巫女嗎？」

她張大眼睛，也笑了起來。

*　　　*　　　*

之後，那個男人告訴她，他的名字叫做熾。

「我叫依秀。」她睏倦的閉上眼睛，依著熾，呼呼的熟睡了。

第二天，他們過起平常的夫妻生活。在被大雪封閉的淒冷火殿中。

「我只能待一個冬天。」熾說。

「哦。」依秀應了一聲，卻沒再說什麼。

「我是妳第一個男人。」熾感到很有趣，「我以為女人都會眷戀不捨。」

「哈。」依秀笑了一聲，也沒再說什麼。

「那麼，為什麼呢？」熾扳過她的臉，注視著她的眼睛。

「是啊，為什麼呢？」依秀的眼神非常清澈，「因為我覺得你的求歡最有創意。早晚我都會成為女人的，既然火神取走了我的一生，那就順便讓我成為女人吧。」

「妳相信我是火神？」

「不能說相信，也不能說不相信。我沒見過他是吧？」依秀輕輕拿開他的手，「但你既然稱了他的名而來，我也看不出有什麼不可以。」

換熾張大了眼睛。

雪不斷的下著。原本還有沙沙聲，隨著雪越積越深，連這種聲音都沒有了。

一片安靜。安靜得幾乎可以聽到自己心跳。

「依秀，妳一直獨自住在這裡？」熾問，「我以為人類都是群居的。」

「啊，餵養聖火是我的工作。」依秀將柴薪扔進火中，「這麼大的雪，也不會有人來。何況我也不能給予什麼。」她輕笑一聲，「不過走過這麼深的雪，就算欲火焚身，走到這兒大概也成冰棍子了。」

熾隔著火看她。真奇怪，她既沒什麼不滿，也沒什麼想望。他旅行過很多地方，見過無數人。他第一次看到完全沒有欲望的人。

「妳為什麼會來當聖女呢？」

依秀望了望他，平靜的眼睛有著火光，「是啊，為什麼呢？」她輕輕的笑，「因為村長說，若我乖乖來守著火，他就容許我識字，供應我藏書庫所有的書。」

熾轉眼看著屋子，發現沿著牆壁的矮櫃中，幾乎都是書。他拿了一本起來看，那是用蠶絲壓製、塗上明礬保護的珍貴紙張，用絲線裝訂，只有王家書庫才有的書籍，卻在貧窮落後的南方島嶼，一個巫女的家裡擱置著。

焰村據說在王猶在皇位時，就是負責保管這些珍貴書籍的書官所聚居的。王朝毀滅，書官和隨從從此沒了可以回去的朝廷，代代在這荒島安靜的繁衍下去。

他們保有文字和書籍，除此之外，幾乎一無所有。也因為這樣，識字和讀書只有身分高貴的世家可以擁有，平民是不能夠的。

「村長是我父親。但不要把我想成是他的千金，差得遠了。」依秀笑起來，「他有三個妻子，只有夫人生的小孩才是他的子女。大宅的侍女都要陪他睡，但生下來的孩子依舊是家奴。我就是村長家的家奴。」

這個年幼又早慧的家奴，除了讓小姐打罵，還得幫她應付老師交代下來的功課。不准識字的家奴，就因為這樣領教了文字的魅力。

但那一年，聖女走進他們家，要那個六月十五出生的女孩。三個夫人生了七個孩子，卻沒有一個符合。唯一符合的，是身為家奴的依秀。

村長很為難。家奴成為聖女，不成體統，傳出去也招人笑話，但聖女的命令，又不能違背。他將依秀招來，令她拜大夫人為母親。

「我有自己的母親。」年方十歲的依秀泰然自若的說。

村長非常生氣，但又不敢如往常般責打她。她是下任聖女，掌握著一種虛無卻令人畏懼的權力。

「妳的母親會有人照應。」他勉強開口。

「你既然有了三個妻子，為什麼不能有第四個？」依秀問，「若你娶了我母親，並提供我一生看不完的書，我就去守聖火，且庇佑你家宅興旺，稻穀滿倉。」

「妳有這種能力？」熾訝然。

「當然沒有。」依秀輕笑，「村長也知道我在唬他，但他樂意被我唬。因為別人會信以為真。」

「那時妳才十歲。」

「十歲也就夠大了。」依秀支著頤，「家奴是沒有幼年的。」

熾望著她，大笑了起來。

很奇怪的女孩子。沒有詛咒怨恨，也沒抗議過半聲不公平。她就這樣靜靜的活著，笑笑的看著時光流逝。

「看書都沒時間了，哪有那閒情去怨恨。」她動手沏茶，「能做的事情太多了，怨恨浪費時間。」

「你們不崇拜其他神明嗎？」熾張望著空洞的火殿。

「什麼其他神明？」依秀露出困惑的神情。

……不知道其他神明？只崇拜火神？

長長的冬季，熾翻閱這些珍貴的書籍。那是一種北大陸早已不用的文字，算是精靈文的變體。而這些書籍幾乎不曾提到神明，只有祭祀火神的儀式。其他的是皇家的一舉一動，不厭其煩的描繪衣飾、詩會，各種遊戲，占卜、醫藥，和對皇家的歌功頌德。

「……覺得這些書有趣嗎？」

「有趣啊。」依秀支著頤，看著不斷飄落的雪花，「文字都是有趣的。」

熾笑了起來。

「妳知道大母神創世的傳說嗎？」

「不知道。」她眨了眨眼，「你要說故事了嗎？」

「該從哪兒說起呢？」熾抬頭想了想，「妳知道嗎？南方島嶼……包含信島，是大母神從深海舉起陸地時，不小心摔碎的邊沿？從那刻起，南方諸島的命運就和大陸本土別離了……」

熾說，依秀飛快的抄下來。她唇角噙著笑，非常著迷的。

一種古怪的感覺讓熾的心柔軟下來。為了告訴她更多故事，第二年冬天，他在初雪時就來敲依秀的門。

就像他從來沒有離開般，依秀開門讓他進來。沒有歡欣鼓舞，也沒有幽怨。

「有新的情人嗎？」熾問。

「唯有火神是我的情人。」她的回答很妙。

「不寂寞嗎？」

「寂寞浪費時間。」依秀將茶壺掛在鐵鉤上，「要做的事情太多。」

「告訴我，妳春天和夏天做了些什麼？」熾盤膝坐下。

「是啊，做了什麼呢？」依秀支著頤，「我們有一整個冬天可以說吧？但秋天，我倒是做了件事情，可以讓我整理菜園時，不用時時衝回來餵聖火。」她舉手指了指天花板。

那是個很精巧的，用鯨骨、竹節、中空的琉璃柱組合起來的奇妙東西。看那模樣，有幾分像是計時用的水漏。事實上這的確是個水漏，當水不斷的滴下來，看琉璃柱的刻度就可以知道時間，當琉璃柱滿，時間可能是午夜或正午，會奇妙的上湧到最上面的大壺，因此循環。

「很妙。」熾大吃一驚，「妳自己想的麼？」

「當然。我花了一整個秋天想出來的。」依秀笑，「還有著呢。」

她話剛說完，琉璃柱的重量讓另一個長嘴銀壺，傾洩出一汪燈油，正好滴在聖火上，火焰因此高張。

所以她才說，她不用回來餵聖火。

懷著一種不可思議的感覺，熾抬頭望著這精巧美妙又極具巧思的裝置。

她在這無知破敗的地方做什麼？守著一堆火，浪費她的才智和青春？

「妳想離開這個島麼？我可以帶妳走。」熾說。

依秀張大眼睛，笑出聲音。「只會讀書的女人何以維生？……哦，你說這個？」她欣賞著自己的創作物，「很不錯，但能幹嘛？能讓我果腹麼？」

「妳可以要求我養妳。」

「為什麼？因為我讓你上我的床？」她呵呵的笑起來，「別亂了。你拋棄我的時候怎麼辦？可沒這種閒差給我做了。」

依秀溫柔的看著熾，「還是給我說說你的故事吧。」

這次熾不但跟她說了故事，還帶了幾本書給她。她著迷的撫摸粗糙的書頁，「可惜這種文字我不懂。」

這是北大陸的通用文字。他默默的，遞了他翻譯好的譯本給她。

「太貴重了。」她徹底感動起來。

熾望著她映著火光的臉孔，一絲柔情慢慢的纏繞在心頭。這樣可以嗎？迷戀一個巫女，這樣可以嗎？

「明年，我可能不會來。」他抱著依秀，望著黑暗說。一遍遍的、撫著她柔滑的黑髮。

「好。」

「後年可能也不會。」

「知道了。」

「若永遠不來呢？」熾的聲音越來越低，「依秀，妳找個人類的情人吧。一個人的床太冷了。」

「說不定吧。」她打了個呵欠，「若有火神敲我的門，說不定。」

「妳不相信有火神吧？為什麼要這樣執著？」

「祂取走了我的一生啊。」她笑著，「沒關係，你來很好，不來，也很好。說不定我會有情人，但也說不定沒有。好好注視這一刻這一秒，未來無須多想。」

她睡著了。

反而是熾，望著天花板，許久許久。

然而，說不來的熾，每年冬天都造訪。而依秀，也一直沒有找新的情人。

某年冬天，熾用竹管吞吐火焰，依秀覺得很有趣，第二年的冬天，熾送她一桶菸草，還有一只非常精巧的長菸嘴，告訴她，這是北大陸的嗜好品。

不只這些零碎的小禮物，他還帶來許多故事，還有一把琴。那是一把可以抱在懷裡的樂器，熾說，這種琴叫做阮。

依秀學會了阮琴，彈奏了整個雪深無聲的冬季。

「用阮琴代替情人的擁抱麼？」依秀笑。

「我倒寧願妳擁抱一個真正的人類。」熾的聲音很低啞。

依秀偏頭看著外面的雪，「熾，不要覺得我很悲哀才一再來訪。我寧可你想看到我才來。如果這是你的希望，我會去找個情人，哪怕是我不喜歡他。」

「……別這樣。」

「那你也別這樣。」依秀撥著弦，「我不去求也不願求，讓一切順其自然吧。」

「……我們的時間不同。」熾遲疑了一會兒，「一年對妳來說很漫長，對我來說卻很短。在我的感覺，每年拜訪只是無數歲月的一瞬間……但卻是妳生命中漫長的一部分。」

「我不太懂你的意思。」依秀倒了杯茶，「對你來說，來我的屋子裡度過寂靜的冬天，快樂嗎？」

熾良久沒有說話，只是注視著依秀。「……是我僅知的快樂。」

「那就好了。」依秀笑笑，「那就可以了。」

明知道不應該，但他還是迷戀了這個淡漠而灑脫的女子。每次看到她，都覺得她成熟一些。但和匆匆忙忙往衰老奔去的其他人，卻又有那麼一點不同。

十年。熾和依秀共度了十個冬天。

在平均壽命只有四十，五十歲就算長壽的村子，二十六歲的依秀卻依舊還有少女的影子。村人都知道聖女有個冬天就來造訪的情人，但誰也沒見過，只能聽到笑語和音樂聲。

他們不敢干涉聖女的生活，但這個陌生人的確讓他們很不安。後來有人看到他們倆吞吐火焰，認為是火神造訪他們村落。

但誰也不敢去問，漸漸習以為常。

＊　＊　＊

第十年的冬末，熾安靜的離去。依秀倚著門看他走遠，冰封的小河融蝕，倒映出她的容顏。

她幾乎沒有老。和她同齡的異母姊妹早就有了皺紋。

發了一會兒的呆，她伸手攪亂水影，河水冰寒刺骨。

熾是誰都沒關係，他會不會來也沒關係。能夠保有十年的約會，已經超過她預期太多了。她的一生早就註定，也沒有任何不滿。

反過來說，和飽受毆打凌虐的村裡婦人相比，她的情人斯文有禮，非常完美。說不定比別人的丈夫要好太多了。休妻的、娶妾的、賣妻的，太多太多。

她沒有任何不滿。

但是，那年春末，熾卻來了。在一個深夜，從聖火中冒出來，滿身血污。

「我並不想嚇妳。」他輕笑，眼神開始渙散。

「我早就知道了。」依秀回答。

「依秀，我真的不會來了。」熾的溫度漸低，「以後都沒辦法來了。」

第一次，他見到依秀的眼淚。那個灑脫的女子，注視著當下的女子，臉頰蜿蜒過兩行淚。

呵，依秀……

「我是火神。」熾說，「本來只是好奇，我從來沒有眷顧過的蠻荒島嶼，居然有人崇拜我。後來才發現……這是我最初滴下的眼淚。」

這滴淚成了他們口中的聖火，這滴淚又衍生了依秀稀有的眼淚。

他抓攏聖火，凝成一顆水滴狀的金色珠子。

或許，他早就知道會有這一天吧？上神不斷的消滅危險的神祇，早晚會輪到他。只是沒想到這麼快。上神要的，也不過就是這滴最初的火之淚。

「依秀，妳是最親近我的人，我的弱點。」他虛弱的笑，把珠子遞給她，「總有一天，這火會燃燒天堂。快逃吧……在上神找到妳之前，吞下這顆珠子，快逃吧……」

他不是一直獨自流浪，就怕給自己親愛的人帶來災難嗎？為什麼一年又一年的，拜訪這荒村的巫女呢？

因為她擁有火之淚？

「不是的，」他微笑，觸著依秀的臉頰，慢慢變淡、消失。「妳才是我的火之淚……」

依秀默默跪坐著，懷抱虛空。失去了聖火，火殿慢慢黯淡，寒冷。即使是春末。她咽下那顆金色的珠子，全身像是竄起火苗，她瞪著自己的雙手，像是黃金火焰打造般。擁著阮琴，她縱入油燈的火焰中。無盡黑暗，點點的火焰明滅，像是一道道大門。火焰熄滅，總會在其他地方再升起。火神，當然也是如此吧？

「我會再見到你，對吧？」依秀輕輕的問。

見到你，很好。見不到你，也很好。既然你不會來敲我的門，換我去敲你的門吧。她踏上旅程。

（火之女　完）

國家圖書館出版品預行編目資料

禁咒師 / 蝴蝶Seba著. -- 二版.
-- 新北市 : 雅書堂文化, 2016.02-
冊； 公分. -- (蝴蝶館 ; 1-3, 5, 7, 10, 13)
ISBN 978-986-302-288-6(卷1 : 平裝). --
ISBN 978-986-302-289-3(卷2 : 平裝). --
ISBN 978-986-302-290-9(卷3 : 平裝). --
ISBN 978-986-302-291-6(卷4 : 平裝). --
ISBN 978-986-302-292-3(卷5 : 平裝) . --
ISBN 978-986-302-294-7(卷6 : 平裝) . --
ISBN 978-986-302-296-1(卷7 : 平裝) . --

857.7 104027858

蝴蝶館 10

禁咒師〈卷陸〉

作　　者／蝴蝶Seba
封面題字／做作的Daphne
發 行 人／詹慶和
總 編 輯／蔡麗玲
執行編輯／蔡毓玲
編　　輯／劉蕙寧・黃璟安・陳姿伶・陳昕儀
執行美編／陳麗娜
美術編輯／周盈汝・韓欣恬

出版者／雅書堂文化事業有限公司
郵政劃撥帳號／18225950
戶名／雅書堂文化事業有限公司
地址／新北市板橋區板新路206號3樓
電子信箱／elegant.books@msa.hinet.net
電話／（02）8952-4078
傳真／（02）8952-4084

2007年12月初版　2020年05月二版3刷　定價240元

經銷／易可數位行銷股份有限公司
地址／新北市新店區寶橋路235巷6弄3號5樓
電話／（02）8911-0825
傳真／（02）8911-0801

Seba・蝴蝶

Seba・蝴蝶